好看的经典丛书

第一辑

胡桃夹子与老鼠王

〔德〕
E.T.A. 霍夫曼
著

李士勋
译

人民文学出版社
PEOPLE'S LITERATURE PUBLISHING HOUSE

图书在版编目（CIP）数据

胡桃夹子与老鼠王／（德）E.T.A.霍夫曼著；李士勋译．—北京：人民文学出版社，2022

（好看的经典丛书）
ISBN 978-7-02-017507-9

Ⅰ.①胡… Ⅱ.①E… ②李… Ⅲ.①童话—德国—近代 Ⅳ.①I516.88

中国版本图书馆CIP数据核字（2022）第174503号

策划编辑	王瑞琴
责任编辑	翟　灿
装帧设计	刘　远
责任校对	韩志慧
责任印制	张　娜

出版发行	人民文学出版社
社　　址	北京市朝内大街166号
邮政编码	100705

印　　刷	三河市延风印装有限公司
经　　销	全国新华书店等

字　　数	59千字
开　　本	880毫米×1230毫米　1/32
印　　张	5.875　插页3
印　　数	1—5000
版　　次	2022年10月北京第1版
印　　次	2022年10月第1次印刷

书　　号	978-7-02-017507-9
定　　价	34.00元

如有印装质量问题，请与本社图书销售中心调换。电话：010-65233595

目 录

第1章　圣诞前夜　　　　　　　*1*

第2章　礼物　　　　　　　　　*8*

第3章　被保护的人　　　　　　*17*

第4章　奇迹　　　　　　　　　*27*

第5章　会战　　　　　　　　　*46*

第6章　生病　　　　　　　　　*58*

第7章　硬坚果童话　　　　　　*70*

第8章　硬坚果童话（续）　　　*86*

第9章　硬坚果童话（结尾）　　*99*

第10章	叔与侄	**118**
第11章	胜利	**126**
第12章	人偶王国	**143**
第13章	都城	**155**
第14章	尾声	**172**

第1章

圣诞前夜

十二月二十四日,医务顾问施塔尔鲍姆家的孩子们一整天都不许进入客厅旁边的那个房间,更不用说豪华的大客厅了。

弗里茨和玛丽依偎着蜷缩(quán suō)在后面小屋的角落里。黄昏已经降下帷幕(wéi mù),天色渐渐暗了下来。与以往不见一丝光线时一样,他们感到非常害怕。

弗里茨神秘地低声告诉他刚满七岁的妹妹,说他一大早就听见那个被锁住的房间里有沙沙声和当当声,还有轻轻的敲击声。后来,他还看见一个小个子的黑衣人蹑手蹑脚(niè shǒu niè jiǎo)地从走廊上经过,胳膊下面夹着一个好大的箱子。他知道,除了教父德劳瑟迈耶之外,那不会是别人。

玛丽高兴地拍着小手说道:"嗯!德劳瑟迈耶教父到底会给我们做什么好东西呢?"

高等法院顾问德劳瑟迈耶并不是美男子。他又矮又瘦,满脸皱纹(zhòu wén),右眼戴着一个黑眼罩,脑袋上早就没了头发,所以总是戴着一顶漂亮的白色假发。那顶假发是一件用玻璃丝制作的工艺品。此外,教父本人也心灵手巧,他精通钟表,甚至能自己制造钟表。因此,只要施塔尔鲍姆家的钟表出了毛病或者不唱歌了,德劳瑟迈耶教父就会被请到家里来，一进门就取下玻璃丝假发，脱去黄色外套，系上一条蓝色围裙，用一种尖尖的工具刺进钟表。每到这时，小玛丽都会感到自己很疼。不过，那并不会对钟表造成任何损害，反而能让钟表立刻复活并欢快地嗡嗡转动，要么打点儿，要么唱歌，让全家人都很快乐。

教父每次来的时候，衣袋里总会装着带给孩子们的漂亮礼物。有时候是一个眼睛会转动的小人偶，摆出一副讨好的样子，看起来很滑稽（huá jī）；有时候是一个小盒子，盖子弹起来后，里面会跳出一只小鸟儿；有时候则是别的东西。但在圣诞节前夕，他通常会亲手制作一件无比华丽的艺术品。为此他要花费很多精力。所以每当收到这样的礼物，爸爸妈妈都会小心翼翼（yì yì）地把它收藏起来。

"唉！德劳瑟迈耶教父到底会给我们做什么好东西呢？"玛丽又说了一遍。弗里茨认为，今年很可能是一座城堡，里面有身穿各种制服的英俊士兵，在齐步行进，来回操练。然后会有另外一批士兵前来，企图占领城堡，城堡里的士兵会立刻用大炮勇敢地向敌人发起射击，发出隆隆的声响。

"不，不，"玛丽打断弗里茨，"德劳瑟迈耶教父和我说过，他要送给我们一个美丽的花园，里面有一个大大的湖，湖上有漂亮的天鹅游来游去，天鹅脖子上戴着金项圈，会唱优美动听的歌。花园里还有一个小姑娘。她走到湖边，用甜杏仁糖喂天鹅，吸引他们游到自己的面前。"

"天鹅不吃杏仁糖，"弗里茨生硬地说，"德劳瑟迈耶教父也造不出整座花园。其实，我们从他那里得到的玩具也不多，他送给我们的东西很快又会被拿走。现在，我反而更喜欢爸爸妈妈送给我们的圣诞礼物了，因为我们可以自己保管，还可以用它们做我们自己想做的游戏。"

兄妹两个左思右想，猜想着今年圣诞节可能会得到什么特别的礼物。玛丽觉得特鲁德小姐（她的大娃娃）最近变化很大，好像比以往任何时候都显得笨拙（bèn zhuō），有好几次还掉到了地上，总是把脸和衣服搞得脏兮兮的，一切责骂都无济于事。而且妈妈看到格蕾特小姐（玛丽的另一个娃娃）的小阳伞时，也很高兴，脸上似乎还露出了微笑。可弗里茨却肯定地说，无论如何，他的宫廷马厩（mǎ jiù）里还缺少一匹优良的栗色马，就像他的部队里缺少骑兵一样，这事爸爸心里有数。

　　孩子们很清楚，爸爸妈妈已经为他们买了各种各样美好的礼物，可能此刻正在摆放。他们肯定也知道，圣人基督亲切而又虔诚（qián chéng）的眼睛此时正在向房子里看着，所以每一件圣诞礼物都像被施与（shī yǔ）祝福的手抚摸过一样，比其他任何礼物都更能带来快乐。这里还要补充一句，今年扮演圣人基督的是他们的姐姐露易丝，她早就提醒这两个一直在讨论圣诞礼物的孩子：圣人基督一定会通过亲爱的父母亲之手把礼物送给孩子们，他比孩子们更清楚，什么礼物能给孩子们带来真正的快乐。因此，他们不必对礼物抱有过于迫切的期盼，只要安静耐心地等候就行了。

　　小玛丽若有所思。弗里茨则嘟嘟囔囔地说："现在，我就是想要一匹栗色马和几个匈牙利轻骑兵。"

天已经完全黑下来了。弗里茨和玛丽紧紧地靠在一起,不敢再吭一声。突然,他们仿佛听见周围有翅膀轻轻拍动的沙沙声,接着又听见一阵华丽的音乐声。这时,一道强光从墙壁上划过。孩子们知道,那是金发天使乘着光芒四射的云彩飞过——继续向其他幸福的孩子们飞去了。

一阵清脆的银铃声响起——丁零!丁零!大客厅的房门突然敞(chǎng)开,明亮的光线直射进他们的小屋。两个孩子情不自禁地大声喊着"啊——啊——",然后呆呆地站在门槛(mén kǎn)上。爸爸妈妈走了过来,拉住孩子们的手说道:"快来吧!亲爱的孩子们!看,金发天使给你们送来了什么?!"

第 2 章
礼　物

各位挑剔（tiāo ti）的读者，或者听众弗里茨，或者台奥多，或者恩斯特，或者任何一个你平时喜欢叫的名字，我要请你想一想自己去年站在堆满精美礼物的桌子前面时的情景。因为只有这样你才能大概想象出眼前这两个孩子是如何两眼放光、默默地站在那儿。过了好久，玛丽才深深地吸了口气，大声说道："啊，真美啊！啊，真美啊！"弗里茨则兴奋得一连蹦了好几下，或许他觉得高兴时就应该这样。在过去的一年里，孩子们一定非常听话和虔诚，因为他们从来没有像今年这样收到这么多漂亮而新奇的礼物。

客厅中央立着一棵高大的圣诞树，树上挂满了金苹果、银苹果、花蕾和盛开的花朵，还有杏仁糖和五颜六色的糖果以及其他让人垂涎欲滴（chuí xián yù dī）的甜食。在这棵神奇的圣诞树上，最美的莫过于树枝上的那几十支小蜡烛，它们就像小星星一样在闪烁，而熠熠生辉的圣诞树就像在亲切地邀请孩子们去采撷它的花与果。

圣诞树周围堆满了许多闪闪发光的礼物，简直美不胜收——嗯，真的难以形容！玛丽看见了几个特别娇小的娃娃和各种干净的小摆件，而挂在她面前衣架上的那件小丝绸连衣裙让她特别开心，裙子上装饰着精美的彩色丝带。她转着圈，前前后后、上上下下地仔细打量，然后赞叹道："啊！这件连衣裙可真漂亮！啊！这件可爱的、可爱的小连衣裙可真好看！我——我敢肯定——我穿上它一定很合身！"

这时，弗里茨已经骑着他在礼物桌旁发现的木马在屋里转了好几圈，一会儿奔跑，一会儿小跑。那是一匹崭新（zhǎn xīn）的画着马笼头的栗色木马。他从木马上下来时心里想：这可能是一匹野马，还好，他不会咬人。他早就想要这样一匹栗色木马了。接着，他开始检阅新来的匈牙利轻骑兵，那些骑兵个个穿着华丽的红黄相间制服，佩带着银制武器，骑着耀眼的白马，那雪白的战马会让人以为他们也是纯银制作的。

孩子们刚刚安静一会儿，又跑过去看那

些已经摊开的图画书，上面画着各种美丽的鲜花和穿着彩色衣服的人们，还有许多正在做游戏的孩子，看起来非常可爱。当然他们都是画上去的，但一个个栩栩如生，好像真能听见他们说话似的。嗯，的确是这样！

当孩子们正想仔细看看那些美妙的图画时，铃声再次响起。他们知道，德劳瑟迈耶教父要给大家分发圣诞礼物了。于是他们立刻跑到那张靠墙摆放的桌子前。

一把撑开（chēng kāi）的伞忽地被拿开了。原来教父已经在后面藏了很长时间。

猜！孩子们都看见了什么？

在一片点缀着五颜六色小花的绿色草坪上，矗立着一座富丽堂皇的宫殿，宫殿上有许多金色的塔楼和玻璃窗。当钟楼上的小吊钟响起来时，门窗接二连三地打开，可以看见宫殿里面的大厅，有一群小人儿正在那里来回走动，有男的，有女的，女士们戴着羽毛帽，穿着拖地长裙。位于宫殿中央的大厅完全沐浴在一片明亮的光辉里，银制的枝形吊灯上有许多支小蜡烛在熠熠（yì yì）发光，穿着紧身上衣和短裙的孩子们正和着小吊钟的节奏在跳舞。一个身穿祖母绿色外套的先生从一个窗口探出身子，招了招手，一转眼又不见了。在宫殿下面的大门口那里，有一位先生偶尔走出来向孩子们招手，然后又转过身走进宫殿，样子看上去很像德劳瑟迈耶教父，但个头儿却比爸爸的大拇指高不了多少。

　　弗里茨用胳膊肘支在礼物桌上，凝视着这座美丽的宫殿和那些正在跳舞或散步的小人儿。"德劳瑟迈耶教父，能让我到你的宫殿里看一看吗?"他说道。

教父摇摇头,表示这根本不可能。他的想法也对,弗里茨竟然想走进一座还没有自己高的宫殿里,即使加上金色塔楼的高度也不行。这压根儿就是一个愚蠢(yú chǔn)的念头。其实弗里茨也明白。

过了一会儿,那些先生和女士仍旧在以同样的方式走来走去,跳舞的孩子仍旧在跳舞,穿祖母绿色外套的先生仍旧从同一个窗口探出身子。当那个很像德劳瑟迈耶教父的先生正要走出宫殿的大门时,弗里茨不耐烦地大声说道:"德劳瑟迈耶教父,你能让他从另一扇门里走出来吗?"

"这也不行,亲爱的小弗里茨。"教父回答。

"好吧,"弗里茨说,"那就请

你让那个总是探头探脑的绿衣先生走出来,去和其他人一起散步吧。"

"这也不行。"教父再次拒绝。

"那就让那些孩子下来,"弗里茨大声说,"我想好好看看他们。"

"唉,这也不行,"教父有些生气了,"机械(jī xiè)装置(zhuāng zhì)就是这样,一旦组装完成,就不能随意改变。"

"原来——如此?"弗里茨拖着长音说道,"什么都不能改变吗?那么,德劳瑟迈耶教父,你听着,宫殿里这些被擦得锃亮的小东西们,如果只是除了重复同样的动作之外再也不会干别的事情,那对我来说就毫无意义,我也不再向你提出任何要求了。噢,我还是去夸夸我的匈牙利轻骑兵吧,他们会按照我的命令前进或者后退,也不会被关在任何房子里。"

说完他就连蹦带跳地来到圣诞礼物桌前，让他的骑兵骑上银光闪闪的战马，任性地让他们来回小跑、转弯、砍杀，或者向目标射击。

玛丽也悄悄地走开了，她也不想再看着那些在宫殿里散步或跳舞的小人儿不断地重复同样的动作。不过她表现得很有礼貌，不愿像哥哥那样更引人注意。

高等法院顾问德劳瑟迈耶先生有些不高兴地对施塔尔鲍姆夫妇说道："这种手工制作的艺术品的确不适合那些缺乏理解力的孩子。我要把这座宫殿包起来带回去。"

施塔尔鲍姆夫人立刻走过来，请求教父把宫殿的内部结构和奇妙的千工齿轮传动装置展示给孩子们看看，好让他们知道那些小人偶都是怎样移动的。于是高等法院顾问就把整座宫殿全部拆开，然后又重新组装在一起。这样的工作让他重新感到兴奋，便又送给了孩子们几个漂亮的姜饼人偶，他们穿着棕色的衣服，面孔、双手和双腿都被涂成了金黄色。这种姜饼人偶全部来自托伦[①]，身上还散发着甜丝丝的姜饼味儿，让人闻了很舒服。弗里茨和玛丽都非常高兴。

施塔尔鲍姆夫人让姐姐露易丝穿上了她的圣诞礼物——一件漂亮的连衣裙，看起来真是美极了。可是，当妈妈让玛丽也穿上自己的那件连衣裙时，她却说她想再仔细地看看礼物。大家也没有勉强（miǎn qiǎng）她。

---

① 托伦，波兰北部的小城，以制作姜饼闻名，那里烘焙姜饼的传统可上溯近千年。

第3章

被保护的人

玛丽之所以迟迟不肯离开礼物桌，其实是因为她发现了一个刚才一直没有注意到的礼物。就在弗里茨让站在圣诞树前的骑兵们以检阅队形出发之后，一个看起来非常优秀的小人偶渐渐露出了真容。他站在那里，安静而又谦逊（qiān xùn），好像在静静等待自己上场。当然，他的身材的确不太讨人喜欢：除了略长而强壮的上半身与又细又瘦的小腿不太相称之外，他的头看起来也特别大。不过一身整洁的着装弥补了他的不足，让人一眼就能判断出他的品位和修养。是的，他穿着一件漂亮的闪耀着紫罗兰色的匈牙利轻骑兵短军装，上面装饰着许多白色的穗子和小纽扣，下面是一条漂亮的紧身马裤，脚蹬一双极其华丽的小靴子——就是大学生或军官穿的那种。靴子紧紧地裹着他那双纤细的腿，就像画上去的一样。与这身军装搭配（dā pèi）的是一个垂在身后、显得有些笨拙的木斗篷（dǒu peng），头上是一顶矿工帽，看上去十分滑稽。玛丽心想，德劳瑟迈耶教父也总是穿着质量很差的斗篷，戴着一顶难看的帽子，不过这并不妨碍他是一位善良的教父。通过观察，玛丽还发现，虽然德劳瑟迈耶教父和这个小人偶一样瘦小，但他看起来可远没有这个小人偶漂亮。

玛丽发现自己第一眼就喜欢上了这个可爱的小东西。她目不转睛地看着他的脸，越看越觉得他心地善良，那双向外凸出的浅绿色大眼睛里流露出满满的友好和喜悦，下巴上被精心修剪过的白棉花胡须让他通红的嘴唇和甜甜的笑容显得更加引人注目。

"啊！"玛丽终于大声说道，"亲爱的爸爸，圣诞树旁边那个可爱的小人偶是送给谁的呀？"

"他呀，"施塔尔鲍姆先生回答道，"亲爱的，他是来尽心尽力干活儿的，他会出色地为你们咬开各种硬坚果。他既属于露易丝，同样也属于你和弗里茨。"

说完，爸爸小心翼翼地拿起那个小人偶，抬起他背后的木斗篷。小人偶便张开嘴巴，露出两排洁白的小尖牙。玛丽按照爸爸的指示，把一颗坚果塞进他张开的嘴巴里——咔嚓——小人偶一口咬碎坚果，果壳掉了下去，一颗惹人喜爱的果仁落在了玛丽的手中。

现在，所有人——包括玛丽——都明白了，这个精巧的小人偶出身于胡桃夹子家族，他的祖先就是从事咬坚果这个职业的。玛丽高兴地欢呼起来。

父亲继续说道："亲爱的玛丽，既然你这么喜欢这个小朋友，那就由你来照顾和保护他吧。尽管如此，就像我刚才说的，露易丝和弗里茨与你一样，也拥有使用他的权利！"

玛丽立刻把胡桃夹子抱在怀里，让他咬开一个个坚果。不过她挑选的都是最小的坚果，这样胡桃夹子就不必把嘴巴张得太大。其实这对他也并不好。

玛丽立刻把胡桃夹子抱在怀里,让他咬开一个个坚果。不过她挑选的都是最小的坚果,这样胡桃夹子就不必把嘴巴张得太大。其实这对他也并不好。

这时,露易丝走了过来。胡桃夹子也必须为她履行咬开坚果的职责。小人偶看上去也很乐意,因为他始终都在亲切地微笑。

弗里茨已经厌倦(yàn juàn)了操练轻骑兵和骑马,在听到胡桃夹子咬开坚果时的咔嚓声之后,便连蹦带跳地来到姐妹俩身旁,冲着滑稽的胡桃夹子嘿嘿笑着。弗里茨也想吃坚果。于是胡桃夹子就在他们三个人手里不断地传来传去,嘴巴不停地一张一合。弗里茨总是把最大最硬的坚果胡乱地塞进胡桃夹子的嘴里。突然,只听咔吧、咔吧两声,三颗小牙齿从胡桃夹子的嘴里掉了出来,他的整个下巴也松动了。

"啊!可怜的胡桃夹子!"玛丽一边大喊,一边把胡桃夹子从弗里茨手里夺回去。

"真是个头脑简单又笨拙(bèn zhuō)的

家伙,"弗里茨说道,"想当胡桃夹子,却没有一副像样的牙齿!可能他根本就没练好自己的看家本领。把他给我,玛丽!他应该为我咬开更多的坚果,即使把剩下的牙齿都给硌掉,也绝不能停。对了,还有他那个没用的下巴。"

"不给!不给!"玛丽哭喊道,"就不给!啊,亲爱的胡桃夹子!瞧,他多么悲伤地看着我!让我看看他那受伤的嘴巴!——弗里茨,你真是一个铁石心肠的家伙——你不但打你的马,还让人枪杀过你的士兵。"

"那是迫不得已,打仗的事儿你不懂,"弗里茨大声说道,"再说,胡桃夹子属于你,也属于我,快把他给我。"

玛丽哭得更厉害了,一边哭一边匆忙地用自己的小手帕把胡桃夹子包了起来。

施塔尔鲍姆夫妇和德劳瑟迈耶教父一齐走了过来。教父竟然还袒护（tǎn hù）弗里茨，这让玛丽感到很难过。但爸爸却说："我已经明确地讲过，胡桃夹子由玛丽来保护。正如我所看到的，现在他正需要保护。所以玛丽对胡桃夹子拥有全部权利，谁都不能说三道四。此外，让我感到惊讶的是，弗里茨竟然要求一个病人继续为他服务。作为一名优秀的军人，你应该很清楚，绝不能让一个负伤的士兵冲锋陷阵，不是吗？"

弗里茨感到很羞愧（xiū kuì），于是便不再坚持要回胡桃夹子，而是悄悄地溜到礼物桌前，让那些站岗的匈牙利轻骑兵返回宿营地。

玛丽找回了胡桃夹子掉落的三颗小牙齿，

然后又从自己的小裙子上取下一条漂亮的白色缎带，把胡桃夹子的下巴包扎起来。这个可怜的小家伙吓得脸色苍白，玛丽只能更加小心翼翼地把他抱在臂弯里，就像抱着一个婴儿。她一边摇晃，一边看一本新的图画书，那本书刚才被压在其他礼物的下面了。

德劳瑟迈耶教父不停地笑着问她为什么这么喜欢一个如此丑陋的小家伙，玛丽这时突然有点儿生气了——她平时根本不是这样的。因为玛丽第一眼看到胡桃夹子时，就觉得他特别像德劳瑟迈耶教父，此刻她又想起了这一点，于是便一本正经地回答道："谁知道呢，亲爱的教父，假如你也打扮得像亲爱的胡桃夹子那样，也能穿上他那样美丽的小靴（xuē）子，谁知道你看起来会不会也像他一样漂亮呢！"

玛丽不明白爸爸妈妈为什么突然大笑起来，也不知道高等法院顾问的鼻子为什么一下子红了，更不清楚他究竟为什么不像以前那样和大家一起开怀大笑。也许这里别有缘故（yuán gù）吧。

第4章

奇　迹

在医务顾问施塔尔鲍姆家的客厅里，一进门左边宽大的墙壁前立着一个高高的玻璃柜子，里面珍藏着孩子们每年收到的全部礼物。施塔尔鲍姆先生请来心灵手巧的细木工打造这个柜子时，露易丝还很小。细木工为柜子装上了天空般明亮的玻璃，他知道经过这样的巧妙设计，陈列在里面的所有东西看起来甚至会比拿在手里更加炫目、更加漂亮。

在玛丽和弗里茨都够不到的最上面一层，陈列着德劳瑟迈耶教父的手工艺品；接下来那一层摆放着图画书；下面两层，玛丽和弗里茨可以随意摆放自己的礼物。不过，在一般情况下，玛丽会把自己的娃娃放到最下面那层，弗里茨会把他的军队全部驻扎到上面那层。

今天晚上也是这样。弗里茨把他的匈牙利轻骑兵摆到了上面那层，玛丽把下面那层的特鲁德小姐拿出来放到一边，将花枝招展的新娃娃放进了一个家具齐全的小房间里，并提出要去新娃娃家里吃糖的要求。这个小房间布置得非常漂亮，真的，因为我不知道，专心听故事的玛丽，也就是你，是否也像施塔尔鲍姆小姐那样（你已经知道，她也叫玛丽）——是的——我的意思是，你是否也像她一样拥有一个花布面的小沙发、几把超级可爱的小椅子，以及一张精致（jīng zhì）的小茶几？当然首先还要有一张舒适并且闪闪发光的小床，可以让最漂亮的娃娃在上面睡觉。所有这些小家具都摆在玻璃柜子那一层的一个角落里，小房间的四面墙壁甚至还贴上了彩色图案的墙纸。也许你能够想象得到，在那个小房间里，那个被称为"克莱尔"的新娃娃一定会感到非常满意——这个名字也是玛丽今天晚上才刚刚知道的。

时间已经不早了，是的，快临近午夜了。德劳瑟迈耶教父早已经离开，可孩子们仍然不肯从玻璃柜子前面走开。所以施塔尔鲍姆夫人一再催促他们现在该去睡觉了。

"说得对！"弗里茨终于大声说，"现在，这些可怜的家伙（指他的匈牙利轻骑兵）也想休息了，只要我在这儿，他们谁也不敢打盹，哪怕是一小会儿，这个我早就知道！"说完他就走开了。可是玛丽却在恳求："亲爱的妈妈，就让我再待一小会儿吧，就一小会儿，我真的还有事儿，做完我就去睡！"

玛丽一向温顺（wēn shùn），而且通情达理，因此体贴（tǐ tiē）的妈妈放心让她一个人再玩一会儿。不过她还是担心玛丽被新娃娃和其他漂亮的礼物所吸引，离开前会忘记熄灭壁橱周围的蜡烛，于是就提前把它们全部熄灭，只留下房间中央天花板上悬挂着的一盏光线柔和的蜡烛吊灯。"待会儿就回去睡吧，亲爱的玛丽，不然明天早上就不能准时起床了。"妈妈一边大声说，一边向卧室走去。

妈妈刚一离开，玛丽就立刻着手做她一直惦记的事儿。她不想让妈妈看见自己要做什么，反正就是不想。她也不知道为什么。

她一直抱着受伤的胡桃夹子，他的下巴上还包着她的手帕。此刻她小心翼翼地把胡桃夹子放在桌子上，轻轻地、轻轻地解开手帕，查看他的伤口。胡桃夹子脸色苍白，虽然一脸忧伤（yōu shāng），但似乎还在亲切地微笑，这让玛丽感到一阵钻心般地疼痛。

"唉，小胡桃夹子，"她轻声说，"别生气，弗里茨把你弄伤了，但他不是故意的，他只是有点儿野蛮，心肠有些硬，除此以外，他还是一个好孩子，这一点我可以向你保证。不过，从现在起，我会一直细心地照顾你，直到你完全恢复健康，找回快乐。你的小牙齿会被结结实实地装回去，你脱臼（tuō jiù）的下巴也会重新复位。德劳瑟迈耶教父会把你重新修好的，他很擅长做这种事情。"

可是,玛丽的话还没说完,她的朋友胡桃夹子就夸张地撇(piě)了撇嘴,眼睛里射出刺眼的绿光,因为她刚刚提到了"德劳瑟迈耶"这个名字。可玛丽刚感到害怕,真诚的胡桃夹子的脸上瞬间又重新露出忧伤的笑容。她目不转睛地盯着那张脸,以为可能是一阵穿堂风吹过,让吊灯上的烛光猛地跳了一下,扭曲了胡桃夹子的面孔。

"我可不是一个愚蠢而又胆小的姑娘,这么容易就受惊,甚至会去相信一个小木偶会冲我做鬼脸!但我真的非常喜欢这个胡桃夹子,他是那么滑稽,那么善良,他应该受到细心的照顾,理应如此!"玛丽一边自言自语,一边抱起胡桃夹子,走到玻璃柜子前面跪下来,对着新娃娃说道:"克莱尔小姐,求求你,把你的小床让给受伤的胡桃夹子吧，你凑合一下，那个沙发也很舒服的。你看，你那么健壮，充满活力，不然你的脸颊也不会这么红彤彤的，即使是最漂亮的娃娃，也很少能享受到这么柔软的沙发呢。"

克莱尔小姐身穿光彩夺目的圣诞节新装，看起来雍容（yōng róng）华贵，但却有些闷闷不乐，只是嘴上没有哼出来罢了。"我这样做也有点儿麻烦呢，"玛丽一边说，一边把小床从玻璃柜子里拿出来，把胡桃夹子轻轻地放上去。她取下自己身上那条美丽的丝带，缠绕在他受伤的下巴上，然后把被子一直拉到他的鼻子下面。"胡桃夹子可不能睡在淘气的克莱尔小姐的旁边。"玛丽说着把小床连同胡桃夹子一起举起来，放到上面那层。现在，这张小床旁边是一个美丽的小村庄，也就是弗里茨的轻骑兵驻扎的地方。

她关上柜门，准备回卧室睡觉了。就在这时——请注意听，孩子们！——就在这时，玛丽听见了一阵很轻很轻的沙沙声，接着是客厅的所有角落——炉子后面、椅子后面、柜子后面——响起了窃窃私语声和窸窸窣窣（xī xī sū sū）的响声。

突然，墙上的挂钟嗡嗡地响了起来，声音越来越大，但并没有打点儿。

玛丽抬起头，向挂钟看过去，发现挂钟上面坐着一只巨大的金色猫头鹰，两个翅膀向下耷拉（dā la）着，几乎盖住整个挂钟，丑陋（chǒu lòu）的钩嘴往前伸得老长。挂钟的嗡嗡声越来越响，甚至可以清楚地听到猫头鹰正念念有词地说道：

挂钟，挂钟，嗡嗡——嗡嗡——
钟摆要轻轻摆动，轻轻摆动，
老鼠王的耳朵尖又灵。
嘀嗒——嘀嗒——嘀嗒——唱吧，
　挂钟，
为他唱起古老的歌谣。
敲起来吧，挂钟，
叮当——叮当——叮当叮——敲起
　来吧，
老鼠王很快就会丢掉性命。

挂钟继续嗡嗡地走着，发出嘶哑而又沉闷的声音，然后，当、当、当——打了十二下。

这时玛丽发现坐在挂钟上的不

再是猫头鹰，而是教父德劳瑟迈耶，黄色外套两侧的下摆就像猫头鹰的翅膀一样向下耷拉着。玛丽感到很害怕，吓得差点儿逃走，但她还是鼓起勇气，大声喊道："德劳瑟迈耶教父！德劳瑟迈耶教父！你在上面干什么？快下来，到我这里来！不要这样吓唬我！你这个坏教父！"

然而周围却响起了一片疯狂的窃笑声和口哨声。很快，客厅四周的角落里响起了成千上万只小脚丫跑步的声音，地板的缝隙里射出几千支小蜡烛一样的亮光。不，那可不是什么小蜡烛。不！那是无数只闪烁的小眼睛。玛丽这才发现自己的周围到处都是虎视眈眈的老鼠，正争先恐后地向外挤、向前蹿（cuān），蹦蹦跳跳，吱吱唧唧的响声充满客厅。他们三五成群，左一堆儿，右一堆儿，越聚越多，来回乱窜，最后排成整齐的队列，那架势（jià shi）就像弗里茨命令他的士兵摆开阵势准备打仗一样。

此时此刻，玛丽觉得眼前这一幕既滑稽又可笑，因为她并不像其他孩子那样天生就讨厌老鼠，所以，刚刚的恐惧（kǒng jù）感已经全部消失。直到一阵可怕刺耳的口哨声突然响起，她感觉脊背一阵发凉。

啊，玛丽究竟看见了什么？！

真的，尊敬的读者弗里茨，我知道，你可能觉得自己也像年轻的统帅弗里茨·施塔尔鲍姆那样勇敢，但说真的，如果你看到玛丽此刻眼前的景象，很可能会拔腿就跑，我甚至相信，你会迅速跳到床上，用被子把自己的脑袋蒙得严严实实——虽然这完全没有必要。

唉！可怜的玛丽却不能这样做。因为，听我说，孩子们！——就在玛丽的两只脚的周围，地板下的沙子、石灰和碎石子就像被某种力量推动一样，突然一齐向上喷涌而出，在一片令人毛骨悚然（máo gǔ sǒng rán）的吱吱声中，老鼠王顶着七顶闪亮王冠的七颗脑袋一个个地从地底下冒了出来。一转眼，七颗脑袋下面的脖子和身躯也费力地完全露出地面。顶着七顶至尊王冠的老鼠王在老鼠大军的欢呼声中发出三声刺耳的尖叫，接着老鼠大军便发起冲锋——呼啦——啊！他们径直向玻璃柜子和站在柜子前的玛丽冲了过来。玛丽又惊又怕，心跳加快，以为自己的心脏马上就要直接从胸膛里跳出来了，然后必死无疑；她感觉血管里的血液好像也开始凝固（níng gù）了。她迷迷糊糊，踉跄着往后退，只听哐啷、哗啦——柜门的玻璃掉了一地，摔成碎片。原来玛丽的胳膊肘撞破了玻璃。她感到左胳膊传来一阵剧烈的刺痛，可刹那间，她突然又感到格外地轻松，因为她听不见老鼠吱吱的尖叫声了，房间里一下子安静下来。虽然她不想睁开眼睛，但她相信，那些老鼠一定是被刚才玻璃破碎的声音吓跑了，重新逃回了自己的洞穴。

可是，听！那又是什么声音？玛丽身后的柜子里响起一阵奇怪的叮当声，一个细细的声音在说："醒一醒——醒一醒——起来！准备战斗！——就在今夜——醒一醒，起来！准备战斗！"

接着，她又听见远处传来了一阵美妙而和谐（hé xié）的钟声，十分动听。"啊，那是我的小吊钟！"玛丽一边高兴地欢呼，一边飞快地跳到一边。她看见玻璃柜子里正闪烁着奇异的光芒，里面一派忙忙碌碌的景象。许多小人偶正在四处乱跑，有的挥舞着胳膊，有的推推搡搡（tuī tuī sǎng sǎng）。胡桃夹子猛地从床

上坐起来,一把掀开被子,跳下床,大声喊道:

喳——喳——喳!

老鼠凶又蠢!

贪婪又疯狂!

喳——喳——喳!

老鼠凶又蠢!

贪婪又疯狂!

喳——喳——喳!

接着,他拔出宝剑在空中挥舞,继续喊道:"亲爱的随从们,朋友们,兄弟们,在这场艰苦的战斗中,你们是否愿意听我指挥?"

三个士兵、一个威尼斯商人、四个烟囱清扫工、两个齐特琴乐师和一个鼓手立刻齐声回答道:"愿意!先生!我们会坚定不移地听从您的指挥!与您同舟共济、荣辱(róng rǔ)与共、生死不弃!"

接着,兴奋的胡桃夹子勇敢地跳了下去,其他人偶也跟着他从柜子的第三层跳到地面上。

是的!他们当然能顺利地跳下去,因为他们不仅穿着柔软的布衣或丝绸衣服,身体里装着的也都是棉花和干草,除此以外没有别的东西。所以他们就像一包包装满羊毛的小口袋一样,扑通扑通地掉到地板上。

然而,可怜的胡桃夹子要跳下去可就不那么容易了,他很可能会摔断胳膊摔断腿。你们想一想,他所在的那一层距离地面几乎有两英尺①高,他本来就受了伤,

---

① 1英尺等于30.48厘米。

而且又是用椴木雕成的。所以，要不是克莱尔小姐在他跳下来的一瞬间急忙从沙发上站起来，伸出柔软的双臂接住这位已经拔出宝剑的大英雄，胡桃夹子肯定已经不是摔断胳膊就是摔断腿了。

"啊，可爱又善良的克莱尔小姐！"玛丽抽泣着说，"我竟然误解（wù jiě）了你，你本来肯定是非常乐意把小床让给我们的朋友胡桃夹子的！"

此刻，克莱尔小姐把这位年轻的英雄抱在自己丝绸般柔软的胸前，温柔地说道："噢，先生，您受了伤，又生了病，真不该冒险去打仗。瞧您那些勇敢的随从，他们斗志昂扬，已经集结完毕，坚信一定会在这次战役中取得胜利。士兵、威尼斯商人、烟囱清扫工、齐特琴乐师和鼓手都已经跳了下去，我这一层的格言小人儿①一个个也正在摩拳擦掌（mó quán cā zhǎng）、跃跃欲试。所以，如果您愿意，噢先生，就请您在我的怀里休息吧，您可以透过我帽子上的羽毛观战，看着您的军队取得最后的胜利。"

虽然克莱尔小姐这样说，但胡桃夹子并不顺从，反而使劲地又蹬（dēng）又踹（chuài），于是克莱尔小姐不得不赶快把他放下来。胡桃夹子立刻彬彬有礼地单膝跪地，轻声说道："噢小姐！我会在每一次战斗中都想到您对我的仁慈和怜悯（lián mǐn）！"

克莱尔小姐深深地弯下腰，抓住胡桃夹子的小胳膊，温柔地将他抱起来，然后迅速解

---

① 格言小人儿，一种由面粉做成的饼干人偶，分前后两半，由可食用胶粘在一起，然后在前后两半黏合的位置插入一张小纸片，上面通常写着一句格言或警句，因此被称为"格言小人儿"。

下自己身上那条镶着闪光金属片的腰带，想把它挂在胡桃夹子的身上。可胡桃夹子却向后退了两步，把手放到胸前，无比郑重地说道："噢小姐！请不要这样，请您不要在我身上浪费您的好意，因为——"他没有再说下去，只是深深地叹了口气，然后从下巴上取下玛丽为他缠上的小丝带，用力地吻了一下，就像佩戴军人绶带那样将丝带斜挎在肩膀上，勇敢地挥舞着闪闪发光的小宝剑，越过柜门边，像小鸟儿一样迅速灵巧地跳落到了地板上。

各位优秀而又兴致勃勃的听众们，你们大概已经发现，早在胡桃夹子真正复活之前，他就已经清楚地感受到了玛丽向他表达的全部爱意和友善，这也是他不愿意佩戴克莱尔小姐的腰带的原因，尽管那条腰带看起来十分耀眼。忠诚而又善良的胡桃夹子宁可用玛丽那条更朴素的小丝带来装饰自己。

那么,接下来发生了什么呢?

就在胡桃夹子跳下来的时候,吱吱吱的尖叫声又重新响起。

啊!就在圣诞礼物桌的下面,一大群讨厌的老鼠正虎视眈眈(hǔ shì dān dān),跃跃欲试,而耸立(sǒng lì)在老鼠群之上的正是那只令人恶心的长着七个脑袋的老鼠王!

——欲知后事如何,且听我慢慢道来!

第5章
会 战

"忠诚的随军鼓手,请擂(léi)响进攻的战鼓!"胡桃夹子大声喊道。随军鼓手立刻以最夸张的方式急速擂起战鼓,柜门上的玻璃也被震得颤抖起来。柜子里面正噼啪作响,玛丽看到弗里茨驻扎部队的盒子盖被猛地顶开,从里面跳出一个个将士,然后他们又纷纷跳到下面那层,并在那里集结成一支闪亮的铠甲兵团。

胡桃夹子来回奔走,激动地发号施令。"号令已经发出,为什么还按兵不动?!"他愤怒地咆哮，然后猛地转过身，冲着脸色苍白、长下巴直抖的老商人潘塔隆内说道："将军，我知道您作战勇敢，也身经百战，现在正是需要我们快速应战的时刻！——我要把骑兵部队和炮兵部队全部交给您指挥。您不用骑马，因为您有一双大长腿，还能凑合着奔跑——所以，现就请您发挥您的指挥才能吧！"

潘塔隆内立刻把干瘪（biě）的手拢在嘴边，大喊一声："各就各位！"他的喊声极具穿透力，就像上百把嘹亮的小号被欢快地吹响。这时，玻璃柜子里响起战马的嘶鸣声和踩踏声。玛丽看到弗里茨耀眼的胸甲骑兵[①]、龙骑兵[②]，尤其是新来的匈牙利轻骑兵，

[①] 胸甲骑兵，十五至十九世纪身穿胸甲的骑兵，装备包括胸甲、马刀和火器。
[②] 龙骑兵，配有马匹的机动步兵。

已经迅速集结完毕。旗手高高地举着飘扬的战旗，各军种部队伴着清脆悦耳的军乐声，以军团分队形式，一队队地从胡桃夹子面前通过，最后在客厅的地板上一字排开，列好阵势。

弗里茨的大炮已经轰隆隆地开到阵地上，排列在队伍的最前面。炮手们已在大炮的两侧待命，并且很快就发起了进攻。玛丽看到这些大炮射出去的糖豌豆击中了密集的老鼠群，老鼠身上立刻落满了白色的糖粉，一个个狼狈不堪。而给老鼠大军造成重创的则是架在妈妈踏脚凳上的那组大炮，砰！砰！砰！一个个涂满胡椒粉的坚果"炮弹"接连射向老鼠群，被击中的老鼠纷纷应声倒下。

然而，老鼠大军的数量并不见减少，反而越来越多。他们仍在步步紧逼，有些老鼠甚至爬上大炮。突然，噗噗噗几声过后，战场上烟雾弥漫，尘土飞扬，玛丽看不清发生了什么。但可以肯定的是，双方部队都在浴血奋战，打得难解难分，因此迟迟分不出胜负。

这些老鼠大军打起仗来非常机动灵活，他们抛出去的银白色小弹丸有些甚至打进了玻璃柜子里。绝望的克莱尔小姐和特鲁德小姐在柜子里惊慌失措地跑来跑去，急得把她们自己的小手都绞疼了。

"难道我就要在这豆蔻年华里死去吗？我可是最美的娃娃呀！"克莱尔小姐大喊道。

"我这么精心地保养自己，难道就是为了死在这儿——死在我温馨的家里吗？"特鲁德小姐大喊。接着她们两个紧紧地拥抱在一起，号啕大哭起来。哭声甚至压过了战场上震天动地的厮杀声。

突然，噗噗噗几声过后，战场上烟雾弥漫，尘土飞扬，玛丽看不清发生了什么。但可以肯定的是，双方部队都在浴血奋战，打得难解难分，因此迟迟分不出胜负。

各位尊敬的听众,此时战场上的厮杀声有多么嘈杂(cáo zá),你们根本无法想象。

嗖嗖嗖——砰砰砰——咚咚咚——扑咻——嚓嚓——吱吱——唧唧——各种响声混杂在一起,震耳欲聋;其中有老鼠王和鼠群的尖叫声,同时还有胡桃夹子声嘶力竭的呼喊声。他在下达一道道利于作战的命令,甚至还能看见他是如何奋不顾身、义无反顾地大踏步前进,傲视一切地屹立在炮火中!

潘塔隆内指挥骑兵发动了几次漂亮的进攻,挽回了荣誉。但弗里茨的匈牙利轻骑兵却被鼠群的炮兵部队用又臭又硬的小银球击中,红色的甲胄上留下了灾难性的污点,他们因此很快丧失了向前冲杀的动力。激动不已的潘塔隆内下令轻骑兵向左转,然后自己带领骑兵也跟着向左转,同时还命令胸甲骑兵和龙骑兵也一样向左转。也就是说，胡桃夹子的军队全部都在向左转，结果导致大军全面撤退。这样一来，部署在踏脚凳上的炮兵连就失去了掩护。转眼之间，黑压压的老鼠群猛扑上去，把炮兵连的士兵连同整个踏脚凳一齐掀翻在地。

此时的胡桃夹子也有些惊慌失措（jīng huāng shī cuò）了，他竟然下令右翼部队撤退。

唉，拥有丰富作战经验的听众弗里茨啊！——你知道的——这样的举动无异于临阵脱逃。现在就请你和我一起哀叹这场灾难吧！它竟然降临在了玛丽深爱着的胡桃夹子军队的头上！

不过，还是让我们将目光从这场灾难上移开，去看看胡桃夹子部队的左翼吧！

那里的情况还不算最糟糕，对于统帅和

他的士兵们来说，扭转局势还大有希望。战斗进行到白热化时，老鼠大军中的轻骑兵团突然悄无声息地从五斗橱下面冲了出来，疯狂地扑向胡桃夹子部队的左翼，不断发出令人毛骨悚然的尖叫声。但他们却在那里遭遇了顽强的抵抗！

由于格言小人儿必须要跨过柜门边，因此他们组成的相对简单的作战方阵只能在不利地形的条件下听从两个中国皇帝的指挥，慢慢向前推进。这支勇敢而又壮观的"杂牌"队伍中不仅有园丁、理发师、小丑、爱神丘比特、蒂罗尔人①和通古斯人②，还有狮子、老虎、长尾猴、猿猴；他们个个坚定果敢、镇定自若，

---

① 蒂罗尔人，生活在奥地利西部和意大利北部阿尔卑斯山脉地区的民族。
② 通古斯人，生活在东北亚地区及西伯利亚通古斯河一带的民族。

勇敢地投入到战斗之中。

本来，这支拥有斯巴达人勇敢精神的劲旅是可以从敌军手中夺取胜利的，但老鼠大军中有一个大胆的骑兵首领，突然冒险挺进，孤军深入，将其中一个中国皇帝的脑袋咬了下来。而这个皇帝倒下时又差点儿砸死两个通古斯人和一只长尾猴。胡桃夹子的阵地出现了缺口。后面的老鼠群从这个缺口蜂拥而入，很快就将整个格言小人儿军团咬得七零八落。不过，敌军在这次偷袭中也没捞到多少便宜。因为嗜杀成性的老鼠骑兵每咬碎一个英勇的格言小人儿，就必须要吞下一张印着格言的小纸片，转眼间，这些老鼠自己也都一命呜呼。

尽管这有利于胡桃夹子军队的撤退——他的军队已经撤退过一次，现在仍然在撤退，导致他的士兵伤亡惨重——但这样的撤退能帮助不幸的胡桃夹子率领残兵败将坚守住玻璃柜子大本营吗?

"后备部队!赶快支援!——潘塔隆内!——斯卡拉穆恰①!——鼓手——你们在哪儿?"胡桃夹子大喊。他在期盼能有一支新的军队从玻璃柜子里冲出来。

的确有几个来自托伦的男女小人儿冲了出来,他们穿着棕色的衣服,脸庞是金黄色的,头上戴着帽子或头盔;但打起仗来却笨手笨脚,只会原地转圈,不但没打中一个敌人,反而险些把自己的统帅胡桃夹子的帽子给砍下来。敌军中训练有素的猎兵很快就咬断了他们的腿,将他们一个个掀翻在地,而他们倒下来时又砸死了胡桃夹子的几

---

① 即上文提到的好吹牛的士兵形象的人偶。

个士兵。

此时此刻,胡桃夹子已被敌人团团围住。他又惊又怕,焦急万分,想跳上玻璃柜的门边,可惜他的腿太短了,克莱尔小姐和特鲁德小姐也都已经昏迷,根本帮不了他。而他的几个匈牙利轻骑兵和龙骑兵却快乐地从他身旁一跃而过,跳进了玻璃柜子。于是极度绝望的胡桃夹子大喊道:"一匹马——一匹马——我要用我的王国换一匹马!"①

就在这一刹那间,老鼠群中的两个散兵咬住了胡桃夹子的木斗篷,沉浸(chén jìn)在胜利喜悦中的七头鼠王一下子蹿上去,七个喉咙里同时发出吱吱的尖叫声。

玛丽再也无法忍受眼前的一切!"啊!

---

① 出自莎士比亚的戏剧《理查三世》,借此表现出国王的绝望、内心的狂野和对身外之物的终极否定。

可怜的胡桃夹子啊！"她一边抽泣哀叹，一边手忙脚乱地抓起自己左脚上的鞋子，用力地向老鼠王和最密集的鼠群扔了过去。

顷刻间，所有的老鼠都逃得无影无踪。玛丽感到左胳膊传来一阵比先前更加钻心的刺痛，接着便倒在地上，失去了知觉。

第6章
生　病

当玛丽从死一般的沉睡中醒来时,发现自己正躺在自己的小床上,明媚的阳光透过结着一层薄冰的玻璃窗射进房间。紧挨她坐着一个陌生人,不过她很快就认出来他是外科医生温德斯特恩。

"她醒了!"医生小声说。

妈妈走过来,忧心忡忡(yōu xīn chōng chōng)地仔细打量着玛丽。

"啊,亲爱的妈妈,"小玛丽嗫嚅(niè rú)

着说，"那些讨厌的老鼠都跑了吗？善良的胡桃夹子得救了吗？"

"别说傻话了，亲爱的玛丽，"妈妈回答道，"老鼠与胡桃夹子有什么关系？你太淘气了，让大家都为你担惊受怕。就是因为你这样任性、不听话，所以才会发生这样的事情。昨天你和那些人偶一直玩到深夜，可能在你犯困的时候，一只小老鼠跳出来吓到了你，可家里以前从来没有过老鼠啊？不说这个了。你的胳膊撞到柜门的玻璃，玻璃碎片深深地扎进你的胳膊，刚才温德斯特恩先生已经把玻璃碎片取出来了，他说如果那片玻璃割破了你的动脉血管，你的胳膊可能就废了，没准儿你还会因为流血过多而死。谢天谢地，我半夜醒来，发现你那么晚了还没回去睡觉，就去了客厅，看见你紧挨着玻璃柜子倒在地上，失去了知觉,流了很多血。我也差点儿被吓晕过去。当时,你倒在那儿,周围散落着弗里茨的士兵和其他人偶,还有支离破碎(zhī lí pò suì)的格言小人儿和姜饼小人儿;胡桃夹子躺在你流血的胳膊上,不远处还有你左脚上的那只拖鞋。"

"啊!妈妈,妈妈,"玛丽打断道,"您也看见了吧!那都是人偶和老鼠大战后留下的痕迹(hén jì),胡桃夹子指挥人偶军队作战,在老鼠王就要抓住可怜的胡桃夹子的瞬间,我被吓坏了,一把抓起脚上的鞋子扔进老鼠群,后来发生了什么我就不知道了。"

外科医生温德斯特恩向施塔尔鲍姆夫人使了个眼色,于是她温柔地对玛丽说道:"随它去吧,亲爱的孩子!——别担心,老鼠全都跑了,胡桃夹子正安然无恙(ān rán wú yàng)地待在玻璃柜子里呢!"

这时,施塔尔鲍姆先生走了进来,他和外科医生温德斯特恩谈了很久,然后摸了摸玛丽的脉搏。玛丽听见他们大概是说外伤会引起发烧,所以必须卧床休息、吃药,可能几天都不能下床。可是她觉得除了胳膊还有点儿疼之外,真的没什么病,也没什么别的不适。

她知道小胡桃夹子获救了,现在很安全,可她有时候又觉得好像在梦里一样,甚至能清晰地听见他正忧伤地说:"玛丽,尊贵的女士,我要感谢您的地方有很多,但您还能为我做更多的事情!"玛丽思索着这句话可能是什么意思,可她怎么都想不出来。

由于胳膊受了伤,玛丽根本做不了什么真正的游戏,她很想读书或者看图画书,可是,她只要一动,眼前就莫名其妙地冒金星，于是只好放弃。此时此刻，她感到十分无聊，甚至迫切地期待着黄昏的降临，因为到时候妈妈就会坐在她的床边，给她朗读或讲述许多美妙的故事了。

晚上，妈妈刚讲完有关法赫鲁丁王子①的精彩故事，玛丽的卧室门就被推开了。德劳瑟迈耶教父一边走一边说："现在我要亲眼看看生病受伤的玛丽怎么样了。"

一看到穿着黄色外套的德劳瑟迈耶教父，玛丽就想起头一天夜里的那一幕，胡桃夹子在与老鼠王的会战中失败的情景又栩栩（xǔ xǔ）如生地呈现在眼前。于是她情不自禁地对高等法院顾问大声说道："哎，德劳瑟迈耶教父，你当时的样子可真丑，我清楚地看见你坐在

---

① 法赫鲁丁王子，即法赫鲁丁二世，黎巴嫩独立先驱。

挂钟上，还用翅膀遮(zhē)住挂钟，不让它打点儿时发出太大声音，不然会吓跑那些老鼠——我好像还听见了你是怎样呼唤老鼠王的！——可你为什么不下来帮助胡桃夹子？为什么不下来帮助我？你这个丑八怪教父，我的胳膊受了伤，现在不得不躺在床上，难道这不全是你的过错吗？"

妈妈惊愕（jīng è）地问道："亲爱的玛丽，你这是怎么了？"

可德劳瑟迈耶教父并不生气，反而扮了个奇怪的鬼脸，用嘶哑单调的声音说道：

钟摆嗡嗡响，嘀嗒——嘀嗒——
钟摆不愿停，不愿停。
钟啊钟，钟啊钟，钟啊钟，
钟摆不能停，走动声要轻。

嘀嗒——嘀嗒——嘀嗒——嘀嗒——

小姑娘，莫慌张，莫慌张！

挂钟叮当响，赶走老鼠王。

猫头鹰，扑啦啦——飞起来，

挂钟叮当响，响叮当。

挂钟嗡嗡响，嘀嗒——嘀嗒——

钟摆不愿停，不愿停。

挂钟嗡嗡响，嘀嗒——嘀嗒——

大钟小钟，叮当响，响叮当！

玛丽睁大双眼，盯着德劳瑟迈耶教父，因为他已经完全变成了另一副样子，看上去比平时更丑陋，右臂来回地摆动着，就像一个被操纵(cāo zòng)的提线木偶。要不是妈妈在场，要不是偷偷溜进来的弗里茨大笑着打断了教父的表演，玛丽真的要被眼前的教父吓坏了。

"喂！德劳瑟迈耶教父，"弗里茨大声说道，"今天你简直太滑稽了，这副样子活像我昨天扔到炉子后面去的提线木偶。"

妈妈一脸严肃地说道："亲爱的高等法院顾问先生，这可真是一个相当奇怪的玩笑，您究竟是什么意思？"

"天哪！"德劳瑟迈耶大笑着回答，"您竟然不记得我那首美妙的'钟表匠之歌'了吗？我经常在小玛丽这样的病人面前唱的。"说完他立刻坐到玛丽的床前，继续说道："别生气，小玛丽，我的确没有把老鼠王的十四只眼睛啄下来，因为那是不可能的。不过我只想让你感到真正的快乐。"高等法院顾问一边说一边把手伸进衣袋，轻轻地、轻轻地拿出一样东西。啊，是胡桃夹子！掉落的小牙齿已经被巧妙而又牢固地装了回去，松动的下巴也已经复了位。玛丽高兴地大声欢呼起来，而妈妈却微笑着对她说："你现在看到德劳瑟迈耶教父对你的胡桃夹子有多好了吧？"

"不过，玛丽，你必须承认，"高等法院顾问打断了施塔尔鲍姆夫人的话，"你必须承认，胡桃夹子的身材并不完美，他的脸蛋儿也不算漂亮。可是这么丑陋的相貌是怎么出现在他的家族并被遗传了下来的呢？如果你想知道，我可以给你讲一讲关于他的故事，或者说是关于皮尔丽帕特公主和老妖婆毛瑟林克斯以及钟表匠的故事。也许你早就听说过了？"

"喂，听我说，"弗里茨突然插话道，"听我说，德劳瑟迈耶教父，你为胡桃夹子装好

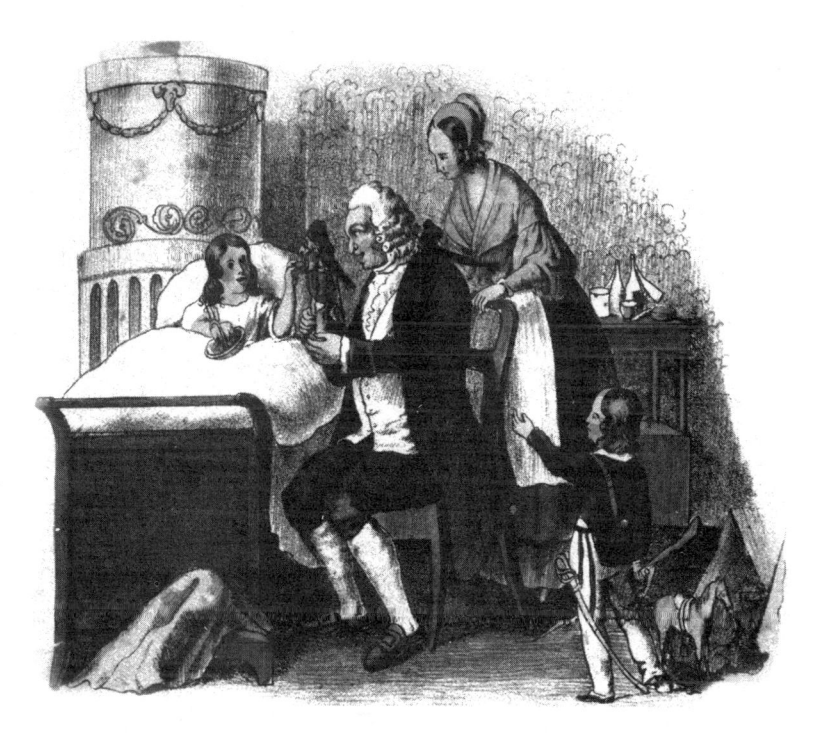

说完他立刻坐到玛丽的床前,继续说道:"别生气,小玛丽,我的确没有把老鼠王的十四只眼睛啃下来,因为那是不可能的。不过我只想让你感到真正的快乐。"

了牙齿，他的下巴也不再摇摇欲坠(yù zhuì)，可他的宝剑不见了，你为什么不给他再弄一把呢？"

"嘿，"高等法院顾问有些不高兴了，"小家伙，凡事你都要吹毛求疵(chuī máo qiú cī)，百般挑剔！胡桃夹子的剑和我有什么关系？我把他的身体治好了，如果他现在想要一把剑，完全可以自己去弄一把呀！"

"这倒是真的，"弗里茨说，"如果他是一个能干的家伙，那他一定知道在哪儿能找到武器！"

"好吧，小玛丽，"高等法院顾问继续说道，"告诉我，你知道皮尔丽帕特公主的故事吗？"

"啊，不知道，"玛丽回答，"你讲吧，亲爱的德劳瑟迈耶教父，给我讲讲吧！"

"但愿，"施塔尔鲍姆夫人说道，"亲爱的高等法院顾问先生，但愿这个公主的故事不会像您平时讲的故事那样恐怖，好吗？"

"绝对不会，尊敬的施塔尔鲍姆夫人，"德劳瑟迈耶答道，"恰恰相反，这是一个非常有趣的故事，能给你们讲这个故事，我甚至感到很荣幸。"

"啊，快讲吧，快讲吧，亲爱的教父！"孩子们大声央求着。于是高等法院顾问开始讲起来——

第7章
硬坚果童话

皮尔丽帕特的母亲是一位国王的妻子,所以她是王后,而皮尔丽帕特从一出生就是一位公主。一看到这个躺在摇篮里的美丽的小女儿,国王就高兴得忘乎所以,手舞足蹈。他大声欢呼,单腿站立,身子转着圈,一遍遍地大喊:"嘿哈!——有谁见过比我的小皮尔丽帕特更漂亮的姑娘?"他的大臣、将军、议长和参谋部军官们也纷纷像他那样,单腿站立，身子转着圈，异口同声地高呼："没见过！从没见过！"

事实上，他们的确没有撒谎（sā huǎng）。自打这个世界存在以来，可能还真没有诞生过比皮尔丽帕特更漂亮的姑娘。她的小脸稚嫩洁白，红光满面，皮肤细腻（xì nì）得像丝绸，天蓝色的眼睛灵动忽闪，一头鬈发（quán fà）就像耀眼的纯金丝线打着卷儿。另外，小皮尔丽帕特生来就长着两排珍珠般的小牙齿，刚出生两个小时，她就用她的小牙齿在首相的手指上咬了一口。因为首相想要更靠近一些摸摸公主的小脸蛋，结果只听见他大叫一声："哎哟！"不过也有人说他喊的是"好疼！"——至于首相当时喊的到底是什么，直到今天人们的说法也仍然无法统一。

总之，小皮尔丽帕特的确咬了首相的手指。现在，欣喜若狂的王国子民们都知道皮尔丽帕特小公主那天使般美丽的身体里蕴藏着一种不寻常的精神、气质和智慧。

如前所述，举国上下一片欢腾，唯独王后坐立不安，忧心忡忡，谁也不知道这是为什么。首先引人注意的是她命令手下要特别精心地守护皮尔丽帕特的摇篮。除了各道门都安排了岗哨之外，还有两名女守卫必须紧挨摇篮坐着，另外还有六名女守卫坐在房间里，夜以继日地守在那儿。更加奇诡（qí guǐ）和无法理解的是，这六名女守卫每人的大

如前所述，举国上下一片欢腾，唯独王后坐立不安，忧心忡忡，谁也不知道这是为什么。首先引人注意的是她命令手下要特别精心地守护皮尔丽帕特的摇篮。

腿上都必须放着一只公猫，而且她们必须彻夜地抚摸它们，好迫使它们整夜都能连续不断地打呼噜。

亲爱的孩子们，你们不可能猜得到皮尔丽帕特公主的母亲为什么要做出这样的部署（bù shǔ）。可我知道，而且，我马上就告诉你们。

在这之前，皮尔丽帕特父亲的王宫里曾经举办过一次热闹非凡的聚会，许多高贵的国王和招人喜爱的王子齐集一堂，举行了许多场骑士角斗比赛、滑稽戏演出和宫廷舞会。为了证明自己国库财富充盈（chōng yíng），这位国王打算狠狠地破费一次，并吩咐臣仆们做好充分的准备。他私下从宫廷厨师总管那里获悉宫廷天文学家已经确定了适合屠宰的日期，于是决定举办一场隆重的香肠盛宴（shèng yàn）。然后他跳上马车，亲自去邀请各国的国王和王子前来赴宴。他打算邀请每位客人先品尝一匙汤，好让他们为之后意想不到的美餐而欣喜若狂。最后他无比亲切地对王后说："你知道的，宝贝儿！你知道我有多么喜欢香肠！"王后心领神会，是的，这一次她也必须要像平时那样，亲自动手制作香肠。

国库总管立刻把煮香肠的镀金大锅和镀银平底锅送到厨房，用檀香木生起旺盛的炉火，王后也系上她的锦缎围裙。很快，大锅里就冒出了甜丝丝的煮香肠的香味。

这令人垂涎的香味一直飘进了枢密院（shū mì yuàn）。国王闻到后，心中暗喜，兴奋得无法自已，立刻站起来对客人说道："请原谅，先生们。"然后就大步流星地奔向厨房，他首先拥抱了王后，接着便用手中的镀金权杖在锅里搅（jiǎo）了搅，最后才放心地回到枢密院。

关键时刻到了，肥肉被切成了肉丁，放到银烤架上烘烤，宫廷侍女们已全部退下。出于对君王丈夫的敬重和热爱，王后决定独自完成接下来的工作。

可她刚开始烤肉就听见一个细声细气的声音说道："姐姐，给我吃一点儿肥肉吧！——我也想一饱口福，再说，我也是王后呀——就给我尝一点儿吧！"

王后知道，说话的不是别人，正是母老鼠毛瑟林克斯。她已经在国王的宫殿里居住多年，声称自己和国王家族有着亲戚关系，而她自己也是毛瑟林老鼠王国的鼠后，就在宫廷厨房灶台的下面，有一个庞大的王国要她管理。

王后是一个乐善好施（lè shàn hào shī）的女人。尽管她并不承认老鼠毛瑟林克斯是王后，更不承认她是自己的姐妹，但她还是想让毛瑟林克斯在这喜庆的日子里享用一点儿美食。于是她说："好吧，毛瑟林克斯，不管怎样，你就出来享用一点儿肥肉吧。"

毛瑟林克斯立刻欢快地跳上灶台，用小爪子抓过王后递给她的肥肉，一块接一块地吃起来。就在这时，毛瑟林克斯的亲戚们也全都蹿了出来，包括她那七个最淘气的儿子，他们一个个抓起肥肉就大口大口地吞了下去，吓得王后顿时不知所措。幸亏宫廷女总管及时赶来，抢在肥肉被全部吃光之前轰走了那群纠缠不休的不速之客。

宫廷数学家被紧急传唤到厨房，负责将剩下的肥肉按照比例巧妙地分配到所有的香肠里。

鼓号齐鸣，应邀出席香肠盛宴的国王和王子们穿着华丽的节日盛装，有的骑着白色的马，有的坐着水晶马车，接踵（jiē zhǒng）而至。国王无比诚挚地一一接见了他们。

接着，国王头戴王冠，手持权杖，坐到国宴餐桌东道主的座椅上。在品尝猪肝肠的时候，人们发现国王的脸色很难看,并且变得越来越苍白。他的眼睛望着天空,从胸腔里飘出一声轻微的叹息,好像一种剧烈的疼痛正在他的内心深处翻腾!而开始品尝猪血肠时,他禁不住出声地抽泣起来,不停地唉声叹气,然后瘫倒在椅子里,双手掩(yǎn)面,一边悲叹(bēi tàn),一边呻吟(shēn yín)。

客人们见状纷纷从长桌两边站起来,宫廷御医(yù yī)为国王仔细地号脉,却什么也没有摸出来;可不幸的国王却感觉像是被一种深不可测的悲痛撕裂(sī liè)了一般痛苦。

在客人们耐心的劝导之下,并使用了诸如闻烧焦的羽毛之类的"强效药"之后,过了好半天,国王才终于渐渐苏醒过来。他用几乎听不见的声音断断续续地说道:"肥……肉……太……少……了……"

王后绝望地扑倒在他面前,泣不成声地说道:"噢!可怜的国王,我不幸的丈夫啊!噢,您是承受了怎样的痛苦啊!请您睁开眼睛,看看您面前的罪人吧……请您惩罚她,狠狠地惩罚她吧!——唉,都是母鼠毛瑟林克斯和她的七个儿子,还有她的那些亲戚,是他们吃掉了肥肉……"话音未落,王后便仰面昏倒在地。

国王怒不可遏地一跃而起,大声吼道:"宫廷女总管!这到底是怎么回事?"

女总管尽其所知,讲述了整个事情的经过,于是国王决定要向吃掉肥肉的老鼠王后毛瑟林克斯及其家族复仇。他

过了好半天，国王才终于渐渐苏醒过来。他用几乎听不见的声音断断续续地说道："肥……肉……太……少……了……"

叫来枢密大臣，命令他一定要审判毛瑟林克斯及其家族，并没收其全部财产。可国王转念一想，即使这样，毛瑟林克斯也依然有机会吃掉他的肥肉。于是他又把整个案子移交给了宫廷钟表匠兼秘术师来处理。这个人和我同名同姓，也叫克里斯蒂安·埃利亚斯·德劳瑟迈耶。他保证，他一定会借助特殊的政治手段和军事行动，将毛瑟林克斯及其家族永远赶出王宫。

于是他发明了一种小巧玲珑的机械装置，把一片煎熟的肥肉穿在细线上，放进装置里，然后再把这种装置摆在爱吃肥肉的毛瑟林克斯家的周围。毛瑟林克斯何等聪明，一眼就看穿了德劳瑟迈耶的诡计，可她的警告和劝诫却对家人没有任何作用,在烤肥肉的香甜气味的诱惑下,她的七个儿子及其近亲全部落入了德劳瑟迈耶设置的机关。这些老鼠刚想偷吃掉那块肥肉,一道格栅就突然从天而降,他们就这样被活捉并立刻被屈辱地处死在厨房里。毛瑟林克斯只好带着她的最后一小撮亲人离开恐怖的王宫,心里充满了悲愤(bēi fèn)、绝望和仇恨。

整个王宫一片欢腾,但王后却更加提心吊胆(tí xīn diào dǎn)。她太了解毛瑟林克斯,她知道她绝不会容忍自己的儿子和亲人就这样白白地死去。事实上,毛瑟林克斯的确再次出现了。这次出现时,王后正在为国王准备一盘他非常喜欢吃的肺酱,毛瑟林克斯说道："王后，我的儿子，还有我的亲戚，统统都被你们处死了！你可要小心点儿！千万别让老鼠把你的小公主咬成碎片——你可要当心哦！"说完她就藏起来不见了。王后被吓坏了，手一抖，把刚做好的肺酱倒进了火里。就这样，毛瑟林克斯再次毁掉了国王最喜欢吃的美食，国王对此十分恼怒。

——好了，今天晚上就讲到这里，剩下的故事我们以后再讲。

玛丽听得非常入神。她认真地听着故事，心中产生了一个十分奇特的念头，于是她央求德劳瑟迈耶教父继续把故事讲完。可教父并没有答应，他猛地站起来说道："一次讲太多不利于你身体的康复，剩下的明天再讲吧。"

教父刚要出门,弗里茨突然问道:"德劳瑟迈耶教父,你说,那些捕鼠器真的是你发明的吗?"

"你怎么会提出这么荒唐(huāng táng)的问题呢?"妈妈大声训斥道。

可高等法院顾问却奇怪地微笑着,轻声说:"我难道不是一个技艺高超的钟表匠吗?我难道连捕鼠器都发明不出来吗?"

第8章

硬坚果童话（续）

"孩子们，现在你们大概知道了吧！"第二天晚上，高等法院顾问德劳瑟迈耶继续讲道：

孩子们，现在你们该知道王后为什么要如此小心翼翼地派人守护美丽的小公主皮尔丽帕特了吧！毛瑟林克斯可能会回来将她的威胁付诸实践（fù zhū shí jiàn），咬死小公主。王后能不担惊受怕吗？德劳瑟迈耶的机械装置对聪明并且学乖了的毛瑟林克斯来说根本没用。只有宫廷天文学家兼秘术师知道：施努尔公猫家族能够阻止毛瑟林克斯靠近公主的摇篮。于是，也就有了之前的那一幕：每个女守卫都必须抱着一只公猫。顺便说一句，在宫廷里，施努尔家族的公猫可都是以机密公使馆参赞的身份接受雇佣的，女守卫必须把它们放在大腿上，而且必须非常有礼貌地轻轻抚摸它们，好让它们觉得这份恼人的差事其实是一件轻松愉快的国家公务。

一天夜里，已经是午夜时分，紧挨着公主摇篮坐的两个女守卫中有一个突然惊醒。她发现周围的一切都笼罩在睡梦中，已经没有了猫的呼噜声，只有死一般的寂静，甚至还能听见蠹虫在啃咬树木的声音!就在那一瞬间,她看见一只丑陋的大老鼠,用两只后腿站着,身子趴在摇篮上,那个令人厌恶的老鼠脑袋已经贴到了公主脸上。女守卫惊恐地大叫一声,一下子跳起来,惊醒了房间里的所有人。可就在那一刹那,毛瑟林克斯——那只趴在公主摇篮上的老鼠也只能是她——飞快地奔向房间的角落。六只参赞公猫立刻一齐冲向毛瑟林克斯,但却为时已晚——毛瑟林克斯已经钻进地板缝隙(fèng xì)消失了。

小皮尔丽帕特被吵闹声惊醒,大哭起来,哭声十分凄惨。

"谢天谢地!"女守卫们大声说道,"她还活着!"

然而,当她们向小公主皮尔丽帕特

看过去时,一个个被吓得魂不附体!她们发现那个美丽而又娇嫩的姑娘已经变了样,白里透红的脸庞(liǎn páng)不见了,长着满头天使般金发的小脑袋变成了一个畸形肿胀的大脑袋,下面是蜷缩着的小身子,天蓝色的大眼睛变成了眼球凸出、目光呆滞的绿眼睛,嘴巴也变了形,从一边的耳根一直裂到另一边的耳根。

王后呼天抢地、悲痛欲绝,大声地诉苦。国王书房的墙壁也不得不被糊上一层衬了棉花的壁纸,因为国王总是一次次地用头撞墙,并悲惨地呼喊道:"啊!我是一个多么不幸的国王啊!"

其实,就算吃没有肥肉的香肠,就算让毛蕊林克斯及其家族安静地生活在灶台下面,也没有什么不好。可是,作为皮尔丽帕特公主的父亲,作为一国之君,国王却不这样想。相反,他把所有的罪责一股脑儿地推到了来自纽伦堡的宫廷钟表匠兼秘术师德劳瑟迈耶的头上。于是他发布了一道充满智慧的命令:德劳瑟迈耶必须在四周之内让公主恢复从前的美貌,或者至少找到一种切实可靠的解决办法,否则德劳瑟迈耶将会在刽子手的斧头下屈辱地死去。

德劳瑟迈耶真的有些害怕了,但他对自己的技艺和运气仍然充满信心,并立刻迈出了他认为有效的第一步。他熟练地拆开了小公主的身体,拧下她的小手和小脚,仔细观察她的内部结构。遗憾的是,他发现小公主畸形的身体随着

王后呼天抢地、悲痛欲绝，大声地诉苦。国王书房的墙壁也不得不被糊上一层衬了棉花的壁纸，因为国王总是一次次地用头撞墙，并悲惨地呼喊道："啊！我是一个多么不幸的国王啊！"

岁月的流逝只会越来越难看。他不知道如何是好，只能小心翼翼地把公主的身体重新装好，在这个他绝不能离开半步的摇篮旁边，陷入深深的忧郁之中。

已经是第四周了——是的，而且已经是第四周的礼拜三了——眼中满是怒火的国王一边向摇篮里面窥探，一边手握权杖大声威胁道："德劳瑟迈耶，你必须恢复公主的容貌，否则你只有死路一条！"

德劳瑟迈耶伤心地哭起来，小公主皮尔丽帕特却在一旁欢快地咬着坚果——咔嚓、咔嚓。公主对坚果有一种非同寻常的好胃口，并且一出生就长着一口小牙，这些事实还是第一次引起了秘术师的注意。事实上，小公主自从容貌发生变化之后就一直哭个不停，直到一颗坚果偶然滚到她手里,她立刻一口咬开,并吃下了果仁,接着就安静了下来。从那以后,女守卫们就只给她各种坚果了。

"啊!神圣的自然本能啊,万物之中永远深不可测的心灵感应啊!"德劳瑟迈耶大声说道,"你给我指明了通向奥秘的大门,我要去叩响它,也许它会为我自动开启!"他立刻请求国王准许他与宫廷天文学家会面并商谈。于是,他在身强力壮的宫廷侍卫的陪同下来到了天文学家的住处。

两位先生一见面就相拥而泣,因为他们是亲密的朋友。然后他们一起走进一间密室,查阅许多有关本能、心灵感应和反感应之类的秘术典籍。夜幕降临,宫廷天文学家仰观天象，在同样精通占星术的钟表匠德劳瑟迈耶的帮助下，开始为皮尔丽帕特公主占星。这是一件极其耗费精力的工作，因为星斗之间的连线互相缠绕，越看越乱。最后，他们终于理清了来龙去脉！——啊，这是多么令人高兴啊！——要想破除使公主变丑的魔咒，让她重新恢复原来的美貌，除了吃下一颗克拉卡图克①坚果的甜果仁之外，没有别的办法。但是，克拉卡图克坚果有着一层非常坚硬的外壳，即使一架四十八磅加农炮从上面轧过去也轧不碎。而且，这颗坚果必须要让一个从未刮过胡须也从未穿过靴子的小伙子当着公主的面咬

---

① 克拉卡图克，霍夫曼的自创词，源自啪嗒声和咔嚓声两个词汇，与咬碎坚果的声音很相似。

开；小伙子还要闭上眼睛，亲自将果仁呈献给公主，然后必须在不跟跄的情况下向后退走七步，最后才可以重新睁开眼睛。

德劳瑟迈耶和天文学家日以继夜地研究了三天三夜。这时已经是礼拜六中午，也就是在规定期限——德劳瑟迈耶一大早被砍头之日——即将到来的前一天午时了。他兴高采烈地冲进王宫，向国王禀报他已经找到了恢复公主美貌的灵丹妙药。当时国王正在用膳，听到禀报后，立即给德劳瑟迈耶一个热烈的拥抱，并许诺将赐予（cì yǔ）他一把镶满钻石的宝剑、四枚勋章和两件新礼服。

"亲爱的秘术师，"国王亲

切地说道,"请你吃过饭就出发吧,你要确保那个从未穿过靴子、也从未刮过胡须并且手里拿着克拉卡图克坚果的小伙子在来到王宫之前滴酒不沾,以防他退走七步时像螃蟹一样踉踉跄跄(liàng liàng qiàng qiàng)、东倒西歪。事后他尽可以纵情痛饮!"

听了国王这番话,德劳瑟迈耶非常惊慌。他胆战心惊、结结巴巴地表示——办法虽然有了,但必须要先找到那颗坚果和那个小伙子才行,至于能不能找到他们,目前他还没有把握。国王听后大怒,不由自主地高高举起权杖,在戴着王冠的头顶上挥舞,同时狮吼般地咆哮(páo xiào)道:"那我还是要砍掉你的脑袋!"

对于深陷恐惧和困境中的德劳瑟迈耶来说，幸运的是国王今天恰好觉得午餐味道还不错，所以心情很好，能够听进理智的劝告，这与宽宏大量并被德劳瑟迈耶的命运深深触动的王后不无关系。

最后，德劳瑟迈耶鼓起勇气解释道，他其实已经完成了任务，也就是找到了能够恢复公主美貌的办法，理应免于被砍头的命运。可国王却把这个解释称之为愚蠢的借口和幼稚的空谈。不过，他在喝下一小杯助消化的药水之后，最终还是决定让钟表匠和天文学家一起动身，回来时口袋里必须装着克拉卡图克坚果。至于那个咬开克拉卡图克坚果的小伙子，正如王后求情时所说的那样，应该在国内外的报纸杂志上刊登广告,罗列出对候选人的具体要求。

讲到这里,高等法院顾问又停住了。他答应,剩下的部分明天晚上再讲。

第9章
硬坚果童话（结尾）

次日晚上，蜡烛刚被点亮，德劳瑟迈耶教父果然又来了，他立刻接着昨天停下来的故事继续讲了起来——

德劳瑟迈耶和天文学家在路上走了整整十五年，始终没有发现克拉卡图克坚果的蛛丝马迹。他们到过的各个地方和遭遇过的种种离奇事件，我可以连续给你们讲上四个礼拜。但我不愿那样做，我只想立刻告诉你们——德劳瑟迈耶最后陷入了深深的忧伤之中，然后这忧伤又变成了他对亲爱的故乡纽伦堡深深的思念。当他和天文学家朋友在亚洲的大森林里用小烟斗抽一种优质烟草时，一种更加难以形容的思乡之情突然向他袭来。

"啊，美丽的——美丽的纽伦堡，我美丽的故乡啊，那些从没见过你的人，可能会经常去伦敦、巴黎和彼德罗瓦拉丁[①]旅行，但他们依然不会感到心情舒畅，必定还是始终渴望着你——渴望见到你，啊，美丽的城市纽伦堡啊，尤其是那些有许多窗子的可爱的房子。"

---

① 彼德罗瓦拉丁，建于十七至十八世纪的古堡，位于塞尔维亚北部城市诺维萨德，欧洲第二大古城堡，有"多瑙河上的直布罗陀"之称。

德劳瑟迈耶哭得肝肠寸断、撕心裂肺（sī xīn liè fèi），以至于天文学家深受感动并对他深表同情，于是也禁不住号啕大哭起来，哭声在亚洲很远的地方都能听见。不过他很快就冷静下来，抹了抹眼泪说道："尊贵的同伴，我们为什么要坐在这里痛哭呢？我们为什么不立即前往纽伦堡，去那里寻找讨厌的克拉卡图克坚果呢？在哪里找不是找？怎么找不是找呢？"——"这倒也是啊！"德劳瑟迈耶回答道，好像得到了安慰似的。于是，两个人立刻磕掉烟斗里的烟灰，站起来，穿过亚洲的森林，径直向纽伦堡奔去。

一到纽伦堡，德劳瑟迈耶就去看望他的堂兄，一个名叫克里斯托夫·德劳瑟迈耶的木偶工匠，同时也是油漆匠和镀金匠。兄弟两个已经许多年没有见面了。钟表匠德劳瑟迈耶向堂兄讲述了关于皮尔丽帕特公主、老鼠王后毛瑟林克斯和克拉卡图克坚果的事情，堂兄听完之后，突然两手一拍，大声说道："哎呀，我的兄弟！这简直太神奇了！"

德劳瑟迈耶又继续讲述了他在漫长旅途中遭遇的种种奇事：他们是怎样在海枣国国王那里逗留（dòu liú）了两年，怎样被杏仁侯爵轻蔑（qīng miè）地拒之门外，怎样在松鼠之家自然研究学会徒劳地打听克拉卡图克坚果，以及他们怎样到处碰壁，却始终没有找到任何有关克拉卡图克坚果的线索。

堂兄克里斯托夫·扎哈利亚斯·德劳瑟迈耶一边听一边不停地打着响指，最后单腿站立，身子就地旋转了几圈，啧（zé）啧地咂（zā）着舌，大声说道："嗯嗯——咿——哎呀——啊——真是活见鬼了！"说着他把帽子和假发一齐抛向空中，欣喜若狂地搂住堂弟的脖子大声说道："兄弟啊兄弟！我的好兄弟！你们得救了，你们得救了，要我说，要么就是整个世界在欺骗我，要么我就是那个拥有克拉卡图克坚果的人。"

他立刻拿来一个匣（xiá）子，从里面取出一颗金光闪闪的镀金坚果，大小和普通坚果一样。"瞧，"他一边让堂弟看那颗坚果，一边说道，"听着，这颗坚果可有一段来历。几年前的一个圣诞节，一个来自异国他乡的人背着满满一口袋坚果来到这里，准备出售。恰好就在我的木偶铺子前面。他和一个本地的坚果贩子发生了争执，本地的坚果贩子大打出手，为了对付那个地头蛇，异乡人把坚果口袋放在了地上。眨眼之间，一辆沉重的运货马车经过，直接从他的坚果口袋上轧了过去，除了一颗完好无损之外，袋子里的坚果全被轧碎了。然后异乡人冲我古怪地笑了笑，说要把这颗坚果卖给我，要价是一枚闪闪发光的铸于一七二〇年的二十芬尼金币。更加奇怪的是：我一摸口袋，正好就有一枚这样的金币，与异乡人的要求不谋而合。于是我就把那颗坚果买了下来，然后给它镀了一层金。

直到现在我也不知道自己为什么会鬼使神差地花那么高的价钱买下这颗坚果，而且还认为非常值得。"

宫廷天文学家也被叫了过来，他刮掉镀金（dù jīn），果然发现坚果表面雕刻着五个中国字：**克拉卡图克**。一刹那，所有疑虑全部烟消云散，堂兄买下的这颗坚果正是他们苦苦寻找的克拉卡图克坚果。

两位旅人高兴极了，德劳瑟迈耶的堂兄也成了全天下最幸福的人，因为德劳瑟迈耶向他保证：他已经交上好运，不仅会获得一笔可观的养老金，还会得到他镀金所需要的全部金子。

那天晚上，秘术师和天文学家戴上睡帽准备睡觉，天文学家突然说道："亲爱的同伴，祸（huò）不单行、好事成双，您相信吗？我们不仅找到了克拉卡图克坚果，而且也找到了能咬开坚果并将甜果仁献给公主的小伙子！——我认为，没有比您堂兄的儿子更合适的了！——不，我不睡啦！"他兴奋地继续说，"今天夜里我要为这个小伙子占星！"说完他就一把扯下睡帽，立刻开始观测天象。

堂兄的儿子的确是一个可爱又英俊的小伙子，从未刮过胡须，也从未穿过靴子，少年时期虽然连续几年在圣诞节上扮演过提线木偶，但在父亲的精心教导下，现在一点儿都看不出来了。一到圣诞季，他就会穿上一件漂亮的带有金饰的红色外套，佩带一把宝剑，腋（yè）

下夹着礼帽，用发网束起考究的发型，光彩照人的外表下面透着一种天生的优雅气质。他站在父亲的木偶铺子里，为年轻的姑娘们咬开坚果，所以姑娘们都叫他"漂亮的胡桃夹子"。

次日一早，天文学家就欣喜若狂地搂住秘术师的脖子大声说道："就是他！我们找到他了，他被我们找到了。亲爱的同伴，现在还有两件事，我们绝不能掉以轻心。首先，您必须要为这位优秀的侄子弄一条粗壮的木头辫子，让它与他的下颌（hé）相连，这样一来，拉动辫子时他的嘴巴就能有力地合起来。然后，我们必须尽快赶回都城，但要小心谨慎、守口如瓶，不能透露我们同时也带来了能咬开克拉卡图克坚果的小伙子；确切地说，他应该是在我们到达都城之后很久才能露面。因为我在观察星象时发现，只有在几个试图咬开克拉卡图克坚果的小伙子全部徒劳地被硌（gè）掉牙齿之后，国王才会把公主和王位作为奖赏，一并许诺给最后咬开坚果并恢复公主美貌的小伙子。"

这位堂兄，也就是木偶工匠，对他的小儿子居然能娶到皮尔丽帕特公主并成为王子和国王感到极其满意，于是他放心地把儿子完全托付给这两位特使。德劳瑟迈耶为前程似锦的侄子装上了木头辫子，而且看上去非常成功。于是这个小伙子开始进行最耀眼的尝试：咬开世界上最硬的坚果。

德劳瑟迈耶和天文学家先派人将他们找到克拉卡图克坚果的消息传进王宫。国王立刻紧急邀请前来应征的咬坚果候选人。因此,当两位长途跋涉的使者带着能够恢复公主美貌的克拉卡图克坚果抵达王宫时,那里已经聚集了许多英俊的小伙子,其中真有几位是王子,他们都自信拥有一副健康的牙齿,都想试一试解除施加在公主身上的魔咒(mó zhòu)。

当两位特使再次看到小公主时,他们真的被吓坏了。公主的小手、小脚和小身子几乎支撑不住那个畸形(jī xíng)的大脑袋,由于嘴巴周围长出了一层棉花般的白胡须,所以本来丑陋的脸庞显得更加丑陋了。

一切都是按照宫廷天文学家所观察到的星象在发展。当一个小伙子失败后，另一个穿靴子的小伙子又试着去咬克拉卡图克坚果，结果牙齿和下巴都受了伤，根本不能帮助公主恢复美貌。当他在半昏迷状态下被请来的牙医抬走时，叹息着说："这真是一颗硬坚果！"

心惊胆战的国王当场许诺：他将把公主和王国都交给那个能圆满解除魔咒的小伙子。这时，一个彬彬有礼（bīn bīn yǒu lǐ）、谦逊温和并自称"克里斯托夫·德劳瑟迈耶"的年轻人上前一步，请求准许一试。

没有一个小伙子能像克里斯托夫·德劳瑟迈耶这样吸引皮尔丽帕特公主的注意；她将两只小手放在胸前，无比真诚地感叹道:"啊!但愿他真的能咬开克拉卡图克坚果,成为我的丈夫!"

年轻的克里斯托夫·德劳瑟迈耶向国王、王后和皮尔丽帕特公主礼貌地致意之后,从宫廷最高典礼官的手中接过了克拉卡图克坚果,然后不假思索地将它放在两排牙齿的中间,用力拉了一下脑后的辫子,只听咔嚓、咔嚓两声,果壳碎成了许多碎片,小伙子灵巧地除去裹在果仁上的纤维(xiān wéi),闭上眼睛,把果仁呈献(chéng xiàn)给公主,同时恭恭敬敬地行了一个屈膝礼,然后开始向后退。公主随即吞下果仁,啊,奇迹出现了!——那个畸形的怪物不见了,取而代之的是一位天使般美丽的女子,脸庞光滑洁白，泛着红光，皮肤细腻得就像丝绸，天蓝色的眼睛灵动忽闪，一头鬈发就像耀眼的纯金丝线打着卷儿。

鼓声咚咚，号角齐鸣，万众欢腾。国王和整个王宫的人，就像当初庆祝小公主出生时那样单腿站立，转起了圈。王后因为兴奋过度晕了过去，不得不用了古龙水才抢救过来。

巨大的喧闹声让还没退后七步的克里斯托夫有些惊慌，但他还是稳住了。可就在他的右脚刚刚迈出第七步时，讨厌的老鼠王后毛瑟林克斯突然从地板缝里吱吱地冒了出来，克里斯托夫落下的脚后跟正好踩（cǎi）在她身上，他的身子摇晃了几下，险些摔倒。

唉！真不幸啊！年轻的克里斯托夫瞬

间变成了畸形人，就像皮尔丽帕特公主被解除魔咒之前那样丑陋，身体在不断地缩小，直到几乎无法承受那个肿胀（zhǒng zhàng）而又畸形的大脑袋，两只大眼睛向外凸出，一张宽大的嘴巴恐怖地张开着，就像在打哈欠一样；先前垂挂在脑后、控制下巴的木头辫子也变成了又窄又长的木斗篷。

钟表匠和天文学家都被吓得不知所措，他们亲眼看见了老鼠王后毛瑟林克斯满身是血地在地上翻滚。恶毒的母老鼠终于遭到了报应，因为年轻的克里斯托夫的鞋后跟结结实实地踩中了她的脖子。然而，被濒临（bīn lín）死亡的恐惧感深深攫（jué）住的老鼠王后仍然可耻（kě chǐ）地吱吱叫着说道：

噢，克拉卡图克，该死的硬坚果，
因为你，我现在不得不一命呜呼。
哈哈——嘻嘻——小胡桃夹子，
你也将命在旦夕——
我那有七个脑袋、戴着七顶王冠的
　小儿子
定会酬谢你，
为他的母亲和亲戚向你报仇雪耻！
生命啊，多么鲜活，多么红润，
生命啊，我要和你永别了。
啊，濒死的恐惧！——吱吱——

随着这最后一声尖叫，老鼠王后毛瑟林克斯彻底断了气，尸体也立即被宫廷厨房的伙夫扔进了大火炉里。

没有人关心年轻的克里斯托夫·德劳瑟迈耶，倒是公主提醒父王别忘了自己的承诺（chéng nuò）。国王当即下令把那位年轻的英雄请过来。可当这个不幸的畸形人出现在公主面前时，公主立刻双手捂脸，大声喊道："滚，滚开！快让这个恶心的胡桃夹子滚开！"

御前大臣随即一把抓住胡桃夹子的肩膀，把他扔出了门外。国王大发雷霆（léi tíng），说竟然有人想让一个胡桃夹子做他的女婿！他还把这一切完全归咎（guī jiù）于钟表匠和宫廷天文学家的愚蠢，下令将他们两个永远赶出都城。

天文学家在纽伦堡观察星

象时并没有预见到会发生这种情况,不过这并不妨碍(fáng ài)他重新观察星象。此时,他从星象中看到年轻的克里斯托夫·德劳瑟迈耶在新的方位上仍然会有很好的前程,尽管他的身体发生了改变,但他迟早会成为王子和国王。不过,胡桃夹子所中的魔咒,只有满足以下两个条件才能被解除,畸形才会消失。首先,胡桃夹子必须亲手杀死老鼠王,也就是老鼠王后毛瑟林克斯在她七个儿子死后又生下的小儿子——一出生就长着七个脑袋,后来成了老鼠王;其次,还必须有一位女士不嫌弃(xián qì)胡桃夹子的丑陋并慢慢地爱上他。

在纽伦堡,每年圣诞季,真的有人看见过年轻的克里斯托夫·德劳瑟迈耶扮作胡桃夹子，但他也的确曾经扮作王子出现在他父亲的店铺里！

——孩子们！这就是《硬坚果的童话》。现在你们该知道人们为什么会说"这是一颗硬坚果"了吧？还有，该明白胡桃夹子为什么会如此丑陋了吧？

高等法院顾问就这样结束了他的讲述。玛丽认为，皮尔丽帕特公主的确是一个没有教养而又忘恩负义的姑娘。相反，弗里茨确信，如果胡桃夹子下定决心成为一个勇敢的小伙了，那他一定会直截（zhí jié）了当地杀死老鼠王，重新找回自己从前的英俊相貌。

第 10 章
叔 与 侄

最尊敬的读者或者听众,如果你们当中有人偶然经历过被玻璃划伤这样的意外事件,那你们一定知道那有多么疼、多么严重。真的,这种伤好起来非常非常缓慢。由于一起床就会头晕目眩,玛丽不得不在床上度过了几乎整整一个礼拜。最后,她终于完全恢复了健康,并且能像平时那样在房间里欢快地蹦蹦跳跳了。

现在,玛丽看到玻璃柜子里的摆设已经被重新整理过,簇新的花儿、小房间、闪闪发光的人偶，都摆得整整齐齐，看起来十分漂亮。最重要的是她重新找到了心爱的胡桃夹子，他就站在柜子的倒数第二层，正露着两排健康的小白牙对她微笑呢。

玛丽无比真诚地凝视（níng shì）着心爱的胡桃夹子，忽然，她想起德劳瑟迈耶教父讲述的一切，也就是胡桃夹子与老鼠毛瑟林克斯及其儿子之间的纷争，因此心情又变得沉重起来。此时此刻，她明白了，她的胡桃夹子不是别人，而是来自纽伦堡的小伙子克里斯托夫，也就是德劳瑟迈耶教父可爱的侄子；但可惜的是，他已经被老鼠毛瑟林克斯施了魔咒。而皮尔丽帕特公主的父亲，也就是那个国王，他的宫廷钟表匠兼秘术师也不是别人，只能是高等法院顾问德劳瑟迈耶本人，这一点玛丽早在听他讲故事的时候就深信不疑了。

"可是,你的叔叔为什么不帮助你呢?他为什么不帮助你呢?"玛丽抱怨着。她曾亲眼看见的那场大会战在她心中变得越来越生动了——原来那场会战关系到胡桃夹子的王国与王冠。

"不是所有人偶都要听他的指挥吗?难道天文学家的预言不灵了吗?他曾预言说年轻的克里斯托夫会成为人偶王国的国王。"聪明的玛丽心里虽然这样想着,但她仍然相信,此时此刻,胡桃夹子和他的人偶一定还活着,而且能够自己行动,她相信这一切都是真的。

可事与愿违,更确切地说,柜子里的所有人偶仍然一动不动地站在那里。玛丽远远地站着,她不愿放弃心中的信念,于是就把眼前的一切都归咎于老鼠毛瑟林克斯持续发挥作用的诅咒和她那个长着七个脑袋的儿子。

"但是,"她对胡桃夹子大声说道,"亲爱的克里斯托夫先生,即使您不能动,也不能和我说话,可我知道您一定能听懂我在说什么,并且知道我很想与您在一起;如果您需要我的帮助,请您尽管说。至少我愿意去求您的叔叔,他会在必要的时候赶过来,见机行事,他会帮助您的。"

胡桃夹子仍旧纹丝不动,安详地站在那儿。可是玛丽好像听见柜子里传出了一声轻微的叹息,就连玻璃也发出了一种几乎听不见,但却很奇妙的声响,仿佛一阵微弱的钟声在细声细气地歌唱:

小玛丽啊,
我的守护天使,

我将属于你,

我的小玛丽。

玛丽感到一阵冰冷的恐惧感掠过全身,但同时也产生了一种奇怪的惬意(qiè yì)感。

黄昏时分,医务顾问施塔尔鲍姆先生和德劳瑟迈耶教父走进房间,姐姐露易丝很快摆好茶几,全家人围坐在一起,愉快地交谈着各种有趣的事情。玛丽悄悄地搬来自己的小靠背椅,坐到德劳瑟迈耶教父的身旁。在大家沉默不语的间隙,玛丽睁大蓝色的眼睛,盯着高等法院顾问说道:"亲爱的德劳瑟迈耶教父,现在我知道了,我的胡桃夹子就是您的侄子,就是那个来自纽伦堡的小伙子克里斯托夫·德劳瑟迈耶;他会成为王子,确切地说,他会成为国王,正如您的同伴天文学家所预言的那样。但你知道，他在与老鼠毛瑟林克斯的儿子——那个丑陋的七头鼠王——的战斗中防守不严。可您当时为什么不去帮助他呢？"接着玛丽讲起了她目睹的那场会战的整个过程，她的讲述经常被妈妈和露易丝的笑声打断，只有弗里茨和德劳瑟迈耶在认真地听。

"这姑娘脑子里的奇怪念头都是从哪儿来的啊？"施塔尔鲍姆先生说道。

"唉，"妈妈回答道，"她虽然有丰富的想象力，但那其实不过是因为受伤发高烧而产生的梦境罢了。"

"肯定不是真的，"弗里茨说，"我的匈牙利轻骑兵可不是胆小鬼！该死的牟官马内尔卡！如果真的像你说的那样，我可要好好教训教训他们！"

可是，德劳瑟迈耶教父却古怪

地笑了笑，他把玛丽抱起来放到膝上，用比往常更加温柔的语气说道："哎，亲爱的玛丽，你讲的这个故事远远地超出了我们的想象。你和皮尔丽帕特一样，天生就是一位公主，因为你也统治着一个美丽耀眼的王国。如果你打算照顾可怜又畸形的胡桃夹子，那你就必须忍受很多的痛苦，因为老鼠王正派人四处追杀他。不过，能帮助他的人不是我，而是你，你一个人就可以拯救（zhěng jiù）他，但你必须坚定而又忠诚！"

玛丽和在场的其他人都不明白德劳瑟迈耶这番话的意思，换句话说，施塔尔鲍姆先生也觉得这有些非同寻常，于是他摸了摸德劳瑟迈耶的脉搏，然后说道："尊敬的朋友，您的脑袋有严重的充血现象，我得给您开个药方。"

只有施塔尔鲍姆夫人从容地摇了摇头,小声说道:"我大概能够想象德劳瑟迈耶想说些什么,可我不知道该怎么说。"

第11章
胜 利

当天夜里,月华如水,万籁俱寂(wàn lài jù jì),玛丽被一阵奇怪的砰砰声吵醒了。那响声像是从房间的某个角落里传来的,听上去就像许多小石子被抛到地板上并滚动起来的声音,其中还夹杂着讨厌的口哨声和吱吱声。

"啊!老鼠!老鼠又回来了!"玛丽惊恐万分地大喊,她想唤醒妈妈,可是她却再也发不出任何声音。她看见老鼠王费力地从一个墙洞里钻出来,十四只发光的小眼睛和七顶王冠在房间里闪来闪去。接着,老鼠王猛地一蹿,跳上玛丽的床头,她感到自己的四肢已经完全不能动弹。

哈——哈哈——哈——
赶快交出你的糖豌豆,
赶快交出你的杏仁糖,
还有你的那些小玩意儿——
不然我就把你的胡桃夹子咬碎,
把你的胡桃夹子咬碎!

老鼠王一边吹口哨,一边把牙齿咬得咯咯响,简直难听极了。然后他从床上跳了下去,钻进墙洞不见了。

玛丽被这一幕恐怖的景象吓坏了,第二天早上醒来时,脸色苍白,心情仍然不能平复，几乎一句话也说不出来。她无数次地想对妈妈、露易丝，至少是对弗里茨诉说自己的遭遇，可她又想："他们会有人相信吗？我会不会被他们狠狠地嘲笑呢？"不过，有一点她是十分肯定的，那就是为了拯救胡桃夹子，她必须把糖豌豆和杏仁糖交出去。所以，这天晚上，她把所有的糖豌豆和杏仁糖都放在了玻璃柜子前面。

次日一早，就听施塔尔鲍姆夫人说道："不知道从哪儿跑来了老鼠，跑进我们的客厅，你瞧，可怜的玛丽！老鼠把你的糖果全给糟蹋了。"是的，的确如此。虽然贪吃的老鼠王觉得杏仁糖并不合他的口味，可他还是用锋利的牙齿把它们都啃了个遍，所以不得不统统扔掉了。玛丽却根本没有为糖果的事情生气，相反，她打心眼里感到高兴，因为她相信胡桃夹子得救了。

可在接下来的夜里,当口哨声和吱吱的尖叫声又紧贴她的耳朵响起来时,她又会是怎样的感觉呢?唉,老鼠王真的又来了,样子看上去比头一天更加狰狞(zhēng níng),眼睛里闪着贼光,从牙缝里挤出来的口哨声也更加令人厌恶:

赶快交出你的糖果人偶,
赶快交出你的橡皮糖人偶,
还有你的那些小玩意儿,
不然我就把你的胡桃夹子咬碎,
把你的胡桃夹子咬碎!

恐怖的老鼠王说完又消失了。

次日清晨醒来后,玛丽感到很难过,她走到玻璃柜子前,无比悲伤地看着她的糖果人偶和橡皮糖人偶。不过这种痛苦也是可以理解的,因为你——专心的听众玛丽!——可能不愿意相信,玛丽·施塔尔鲍姆小姐所拥有的——那些用糖和橡皮糖塑造的——极其可爱的小人偶到底有多么可爱:那是一个英俊的牧羊人和一个漂亮的牧羊女,他们在放牧一群乳白色的小绵羊,他们的小狗欢快地跳来跳去,两个邮差手里拿着信件正大踏步地向他们走来;另外还有四对俊俏的情侣——小伙子的衣着十分整齐,姑娘都打扮得格外靓丽——正在一架俄式秋千上荡来荡去。在几个舞蹈小人儿的后面,则站着菲尔德库默尔[①]和奥尔良姑娘[②],其实玛丽并不

[①] 德国戏剧家考茨布创作的狂欢节喜剧《承租人菲尔德库默尔》中的女主角形象。
[②] 德国剧作家席勒创作的戏剧《奥尔良的姑娘》中的女主角形象,即圣女贞德。

是特别在意她们两个，她在意的是那个站在最后面一个小角落里的脸蛋红扑扑的小男孩，那是玛丽最宠爱的人偶。一看见他，小玛丽的眼泪就忍不住夺眶而出。

"唉，"她深深地叹了口气，对胡桃夹子说道，"亲爱的克里斯托夫先生，为了救您，我什么都愿意做。不过，这也实在太难了！"

这时，胡桃夹子看上去也几乎快要哭出来了，玛丽仿佛看到老鼠王正张开他的七张血盆大口，要吞下这个不幸的小伙子，于是她决定牺牲一切。当天晚上，她把柜子里所有的糖果人偶放到一边，就像以前那样，然后亲吻了牧羊人、牧羊女和小羊羔，把站在角落里的橡皮糖人偶中间的那个她最喜欢的红脸蛋小男孩移到最后，让菲尔德库默尔和奥尔良姑娘站到了最前面。

"不，这真是太讨厌了！"一大早，施塔尔鲍姆夫人就大声喊起来，"昨天夜里，一定是有一只讨厌的大老鼠钻进了玻璃柜子里。可怜的玛丽啊，你的糖果和美丽的人偶全都被咬烂了。"

玛丽虽然忍不住哭了，但她很快又露出了笑容，因为她心里想："这有什么关系，重要的是胡桃夹子得救了。"

这天晚上，当妈妈向德劳瑟迈耶教父说起夜里总有一只老鼠在玻璃柜子里搞破坏时，施塔尔鲍姆先生插话道："这也太可恶了，我们竟然连只讨厌的老鼠都不能消灭，由着它们在玻璃柜子里吃掉玛丽的糖果，糟蹋东西。"

"哎，"弗里茨特别开心地说，"楼下面包师那儿有一只高贵的灰色公使馆参赞猫，我去把它抱上来，它会很快结束这种状况的，咬掉那些老鼠的脑袋，不管是毛瑟林克斯，还是她的老鼠王儿子。"

"然后呢，"施塔尔鲍姆夫人笑着问道，"然后那只猫会在椅子和桌子上跳来跳去，把各种玻璃杯和茶杯碰倒，再制造其他数不清的破坏。"

"啊不，肯定不会的，"弗里茨回答道，"面包师的公使馆参赞猫可是一只非常灵巧的公猫，我特别想像它那样在尖屋顶上优雅地走来走去。"

"我可不希望晚上家里有什么公猫。"一向不喜欢猫的露易丝请求道。

"其实，"施塔尔鲍姆先生说，"其实弗里茨说得对，不过在这期间，我们也可以在房子里放一个捕鼠器。

我们家里有捕鼠器吗？"

"最好让德劳瑟迈耶教父为我们做一个，捕鼠器就是他发明的。"弗里茨大声说道。

在一阵大笑声中，施塔尔鲍姆夫人表示家里肯定没有捕鼠器。于是德劳瑟迈耶教父宣布，这类东西他家里有的是，并当即派人去取。那个人很快就从他家里取来了一个十分漂亮的捕鼠器。

现在，弗里茨和玛丽已经快要把教父的《硬坚果童话》当真了。一看到女厨师道尔夫人在煎肥肉，玛丽就四肢发抖、浑身战栗，满脑子都是那个童话和她经历过的奇迹，于是她对熟悉的道尔夫人说道："喂，王后陛下，您可要提防老鼠毛瑟林克斯和她的家人啊！"弗里茨则会抽出军刀说："好，让它们尽管来吧，我要好好地捉弄它们一下。"然而炉灶的上上下下始终没有什么动静。

高等法院顾问把一小块肥肉系到捕鼠器里的细线上，然后轻轻地、轻轻地把捕鼠器放到玻璃柜子旁边。这时弗里茨大声说道："小心！钟表匠教父，可别让老鼠王把您给耍了。"

唉，看看可怜的玛丽在接下来的夜里是怎么度过的吧！

她感觉到冰冷粗糙的小爪子在她的胳膊上爬来爬去，甚至还令人厌恶地贴在了她的脸颊上，她的耳畔（pàn）不时地传来唧唧声和吱吱声。可恶的老鼠王爬到她的肩膀上，张开七张大嘴，流着血红色的口涎，牙齿咬得咯咯响，最后，他在惊恐万分、浑身僵硬的玛丽耳旁咝咝地说道：

嘘——嘘——

不要到屋里去,

不要去赴宴席,

就不会被捉住。

嘘——嘘——

赶快交出来,赶快交出来,

交出你全部的图画书,

交出你全部的小衣服,

不然你将永远不得安宁,

你将失去你的胡桃夹子,

他将被咬得粉碎——

哈哈——哈哈——吱吱——!

玛丽心中充满了悲伤和痛苦——清晨醒来,当她听到妈妈说"还没捉住凶恶的老鼠"时,她的脸色更加苍白,心也更乱了。妈妈还以为玛丽是因为害怕老鼠并为自己失去糖果而感到难过,于是继续说道:"放心吧,亲爱的,我们早就想把凶恶的老鼠赶走了。如果捕鼠器没有用,我们就让弗里茨去抱那只灰色的大公猫。"

妈妈刚刚离开客厅,玛丽就走到玻璃柜子跟前,抽泣着对胡桃夹子说:"啊,亲爱的、善良的克里斯托夫先生,我这个可怜而又不幸的姑娘还能为您做点儿什么呢?——如果我把所有的图画书都交出来,甚至把金发天使送给我的新连衣裙也交出来,让讨厌的老鼠王全部咬烂,那他就不会提出别的要求了吗?那样一来,我将会变得一无所有,他甚至可能还会来咬我,而不是您——噢,我是一个多么可怜的孩子啊!现在我该怎么办?怎么办呢?"

小玛丽正诉苦抱怨,这时发现

了胡桃夹子的脖子上有一大块那天晚上会战后留下来的血渍。自从玛丽知道她的胡桃夹子其实就是年轻的克里斯托夫——也就是高等法院顾问的侄子——之后,她就不再把他抱在怀里了,也不再亲热地拥抱他和亲吻他了。是的,出于少女的羞怯,她甚至觉得连碰他一下都不应该。不过现在她还是小心翼翼地把胡桃夹子从柜子里拿出来,开始用手帕为他擦拭血渍(xuè zì)。突然,她感到手里的胡桃夹子变得温暖起来,身子开始蠕动(rú dòng),她的心不禁为之一震,急忙把他放回柜子里。就在这时,胡桃夹子的嘴巴开始一张一合,费力地低声说道:"啊,最尊贵的施塔尔鲍姆小姐——心地善良的朋友,我该怎样感谢您为我做的一切呢?——不,您不要再牺牲自己的图画书了,更不要牺牲金发天使送给您的美丽的小裙子，您只需为我找到一把剑——只要一把剑就行了，其余的一切由我来解决，它可以"——说到这儿，胡桃夹子突然停住了，刚才能表现出心灵最深处悲哀的那双眼睛重新又变得呆滞，毫无生气了。

玛丽并不感到害怕，反而高兴地跳起来。现在，她终于知道了一个无须做出更多痛苦的牺牲就能拯救胡桃夹子的办法。可是，她要去哪儿为他弄来一把剑呢？

玛丽决定去找弗里茨商量。这天晚上，当爸爸妈妈离开客厅之后，兄妹两个坐在玻璃柜子前面，玛丽把胡桃夹子遭遇老鼠王以及现在必须拯救胡桃夹子的事情全部告诉给了弗里茨。听完玛丽的讲述，弗里茨首先想到的是他的匈牙利轻骑兵在那次会战中的表现，他们应该受到处罚；除此以外，他并不关心别的事情。于是他再次郑重其事地询问玛丽，当时他的士兵们是否真的那样胆怯，在玛丽保证自己所说的都是事实之后，弗里茨快步走向玻璃柜子，把他的匈牙利轻骑兵狠狠地训斥了一番，然后一个接一个地撕掉他们的野战军帽徽，作为对他们自私而又怯懦的惩罚，同时他还宣布，未来一年之内他们都不得演奏匈牙利轻骑兵进行曲。宣布了处罚之后，他对玛丽说："剑的事情好办，我能帮胡桃夹子搞到一把。昨天，我刚好让一个年迈的胸甲骑兵带着养老金解甲归田，所以他也就不再需要那把漂亮而又锋利的佩剑了。"

刚刚提到的那位胸甲骑兵，此刻正站在玻璃柜子第三层最后面的角落里享受弗里茨发给他的养老金。弗里茨把他移到前面来，取下他身上那把的确非常漂亮的银佩剑，挂到胡桃夹子的身上。

到了夜里，玛丽非常害怕，怎么也睡不着。午夜时分，她好像听见客厅里传来了一阵奇怪的响声，轰隆 当啷——哗啦——，然后是吱的一声尖叫。

"老鼠王！老鼠王！"玛丽大喊着从床上跳起来，惊慌失措。可房间里一片寂静。过了一会儿，她听见了一阵很轻很轻的敲门声，一个微弱的声音在门外说道："最最善良的施塔尔鲍姆小姐，请您尽管放心地把门打开吧！——我为您带来了一个令人愉快的好消息！"

玛丽听出那是年轻的克里斯托夫的声音，于是她急忙套上小裙子，飞快地跑去开门。小胡桃夹子正站在门外，右手握着那把带血的佩剑，左手举着一支蜡烛。

一看到玛丽,他就单膝跪地,说道:"噢,尊贵的小姐,您,唯有您能用骑士的勇敢使我变得坚强,给我的臂膀以力量,去和敢于讥讽您的狂妄之徒战斗。那个阴险的老鼠王已经被我打败,正躺在血泊里打滚呢!啊,请您,尊贵的小姐!请从您至死不渝的忠诚骑士手上接过这胜利的标志吧!"

说完他灵巧地捋(luō)下套在左手腕上的七顶王冠,献给玛丽。玛丽欣然接过了王冠。

胡桃夹子站起来,继续说道:"啊,我最善良的施塔尔鲍姆小姐,我已经战胜了敌人,此刻,我能够做的事情就是带您去看一些美好的东西。假如您愿意,现在就请您移步跟我来吧!——噢,请跟我来——跟我来吧——最尊贵的小姐!"

第 12 章

人偶王国

孩子们，我相信你们当中是没有人不愿意跟着诚实又善良并且心中从无恶意的胡桃夹子一起走的，哪怕只是片刻的犹豫。当然，玛丽就更愿意了，因为她知道，胡桃夹子可能很感激自己，她相信他说话算话，一定会让她看到许多美好的东西。

于是她说："我跟您去，克里斯托夫先生，但别走太远，也不能太久，因为我根本还没有睡醒。"

"所以,"克里斯托夫说道,"我会选择一条捷径。不过这条路会有点儿难走。"

说完他走在前面,玛丽跟着他一直来到走廊上那个陈旧而笨重的大衣柜前,停了下来。玛丽感到很惊讶,平时一向紧闭的大衣柜柜门现在却敞开着,她清楚地看见爸爸那件旅行时穿的狐皮大衣就挂在正中间。胡桃夹子灵巧地抓着衣边的装饰爬了上去,来到皮大衣的后面。接着他抓住垂在大衣后面的一条粗线绳上的大缨穗(yīng suì),使劲一拉,皮大衣的袖子里立刻放下一挂非常精致的香柏木软梯。

"最尊贵的小姐,请您尽管爬上来吧。"胡桃夹子大声说道。

玛丽照他说的做了。她甚至还没完全爬出大衣袖,也就是说她还没从大衣领口里完全爬出来，就见一道炫目的白光迎面射来。眨眼间，她就站在一片美丽芬芳的草地上，千万颗星星在草地上闪烁，仿佛无数发光的宝石在放射着光芒。

"这里是冰糖草地，"胡桃夹子说，"不过，我们现在要立即通过前面那座大门。"玛丽抬起头，看到眼前耸立着一座雄伟的大门，近在咫尺。大门看上去像是用带有黄褐色斑点的白色大理石建造的。可走近一看，她才发现这座大门其实是用杏仁糖和葡萄干烘烤而成的。正如胡桃夹子所说，他们此时通过的这座大门名叫"杏仁葡萄干大门"，只是人们总戏称它为"大学生的零食门"。

大门上面有一道向外伸出的回廊，像是用麦芽糖建造的；六只穿着红色上衣的小猴子正在上面演奏优美的土耳其进行曲,动听的音乐声竟然让玛丽在浑然不觉中越走越远,而脚下这条径直穿过草地的彩色大理石路,竟然都是用精制的奶油杏仁糖铺成的。

不一会儿,他们就被一阵甜蜜的气味包围了,那是从两边空阔而又奇妙的小树林里飘过来的。树林里,透过黑色的树叶可以清晰地看到彩色的枝杈上挂着金色和银色的果实;树干和枝条上挂着彩带和花束,看起来就像是一对喜悦的新婚夫妇的婚礼。橘子的香气在和煦的微风中荡漾,树叶在沙沙作响,金箔随风飘动,发出噼里啪啦的响声,听起来就像欢庆的音乐;小蜡烛在忽闪忽闪地跳动,像是在随着音乐的节拍跳舞。

"啊,这儿可真美啊!"玛丽幸福地大声说道,对树林充满了迷恋。

"亲爱的小姐，这里是圣诞树林。"胡桃夹子说道。

"噢！"玛丽继续说道，"我可以在这儿多待一会儿吗？啊，这儿简直太美了！"

胡桃夹子拍拍小手，树林里立刻跑出了几个牧羊人和猎人，有男有女。令人难以置信的是，他们的皮肤是那么娇嫩、白皙，居然都是用纯白糖做成的。玛丽没有发现，其实他们几个刚才一直在树林里散步。此刻他们搬来了一把可爱的金色扶手椅，上面放着白色的软垫，彬彬有礼地邀请玛丽坐上去。玛丽刚一坐上去，牧羊人和牧羊女就跳起了优美的芭蕾舞，猎人在郑重地吹吹打打，为他们伴奏；最后他们全部消失在了灌木丛里。

"请您原谅，"胡桃夹子说道，

"请您原谅,最尊贵的施塔尔鲍姆小姐,蹩脚的舞蹈表演结束了,他们都是提线芭蕾舞演员,除了不断地重复同样的动作之外不会别的;猎人们昏昏欲睡,伴奏时有气无力,这也可以理解。因为糖果筐子虽然挂在圣诞树上,但却有点儿高!——我们还是继续散步吧!边走边看,好吗?"

"啊!这儿的一切都是那么漂亮,我很喜欢!"玛丽说着从椅子上站起来,跟着胡桃夹子向前走去。他们沿着一条窃窃私语般潺潺流淌(chán chán liú tǎng)的小河一直走着,河水散发着沁(qìn)人心脾的香甜气息,充满了整个树林。

"这条小河里流淌的是橘子水,"胡桃夹子说,"不过,除了能散发香甜的气味之外,它在宽度和美丽程度上都比不上柠檬水河,最

玛丽没有发现,其实他们几个刚才一直在树林里散步。此刻他们搬来了一把可爱的金色扶手椅,上面放着白色的软垫,彬彬有礼地邀请玛丽坐上去。

后它们都同样汇入杏仁奶湖。"

事实上，玛丽很快就听见了更响的流水声，并看到了更宽阔的柠檬水河在灌木丛之间蜿蜒（wān yán）流过。在泛着琥珀色波浪的映照下，那些灌木丛就像同时被红绿宝石的强光照亮一般。波浪起伏的华丽水面上，不时飘来一阵格外凉爽而又令人陶醉的清香。不远处是一条深黄色的小河，水流十分缓慢，水面上散发着一种特别的香气，河边坐着各种肤色的小孩，非常可爱，他们正在那儿钓鱼，胖乎乎的小鱼儿一钓上来就立刻被他们吃掉。走近之后，玛丽才发现，那些小鱼儿原来是一颗颗榛（zhēn）子果仁。

小河对岸不远处有一个美丽的小村庄，那里的房舍、谷仓、教堂和牧师的房子全都是深褐色的，屋顶则是金黄色的，有些房屋的墙壁被涂抹得五颜六色，看起来就像是在墙上粘满了柠檬皮和杏仁。

"那是姜饼村，"胡桃夹子说，"它坐落在蜂蜜河畔，那里的人都很漂亮，但也很烦恼，因为他们个个都患有牙疼病，所以我们就不去那里了。"

这时，玛丽又看见了一个漂亮的小镇，那儿的房子全都是彩色而且透明的。胡桃夹子径直向那里走过去。镇上一片喧哗声，有几百个可爱的小人儿正在那里忙忙碌碌，有些人在广场上检查满载的卡车，有些人在拆箱子，换成小包装。那些货物看上去很像漂亮的彩色纸和巧克力块。

"我们已经来到糖果镇，"胡桃夹子说，"那些货物都是纸国国王和巧克力国国王派人送来的。这个可怜的糖果镇最近遭到了蚊子海军上将军队的入侵，所以这里的居民要用纸国国王送来的纸把房子包裹起来，用巧克力国国王送给他们的巧克力块修建一道宏伟的防御工事。不过，最尊敬的施塔尔鲍姆小姐，我们要访问的可不是这些城镇和村庄——而是都城！都城！"

胡桃夹子一边说，一边快步向前走去，玛丽充满好奇地跟在后面。不一会儿，他们闻到了一种非常甜美的玫瑰香，周围的一切仿佛都笼罩在柔和流动的玫瑰色的微光中。玛丽发现那是一片玫瑰红色的水面反射的光，红白闪烁的微波在他们面前起伏荡漾，在美妙的音乐旋律中发出淙淙的声响。眼前渐渐展开的是一片湖泊，宽阔宁静的水面上，一群脖颈戴着金项圈的白天鹅在游弋，比赛似的唱着最优美动听的歌，无数钻石般晶莹闪亮的小鱼儿在玫

眼前渐渐展开的是一片湖泊，宽阔宁静的水面上，一群脖颈戴着金项圈的白天鹅在游弋，比赛似的唱着最优美动听的歌，无数钻石般晶莹闪亮的小鱼儿在玫瑰色的波浪中钻进钻出，像是在快乐地跳舞。

瑰色的波浪中钻进钻出,像是在快乐地跳舞。

"啊,"玛丽兴奋地大声说道,"啊,就是那个湖,和德劳瑟迈耶教父答应为我建造的湖一模一样,真的,我就是那个想用杏仁糖喂天鹅的姑娘。"

小胡桃夹子嘲讽地笑了笑——玛丽还从未见过他有过这种表情——然后说道:"我的叔叔可能永远也造不出这样的东西,您自己倒是更有可能,亲爱的施塔尔鲍姆小姐,请您还是不要为此冥(míng)思苦想了,也就是说,现在就让我们乘船渡过玫瑰湖,前往都城吧!"

第13章
都　城

　　胡桃夹子再次拍了拍小手，玫瑰湖上开始涌起更高的波浪，涛声也更响了。玛丽看见两只金色的海豚（tún）拉着一辆贝壳车形的宝船在湖面上远远地驶来，越来越近了，贝壳车上镶（xiāng）满五彩的宝石，光芒四射。车形的宝船上坐着十二个戴着帽子、系着蜂鸟羽毛裙的小黑人，看上去分外耀眼。车驶近后，他们纷纷跳上岸，把玛丽和胡桃夹子抬起来，在波浪上轻盈地滑行，然后登上贝壳车形宝船。贝壳车立刻乘风破浪，向湖中心驶去。

"啊，简直太美了！"被玫瑰的芬芳包围着的玛丽坐在贝壳车形宝船里，左顾右盼，赞不绝口。

两只金色海豚高高地昂起头，鼻孔里喷射出两道晶莹的水柱，水柱在空中变成两道美丽的彩虹，落入水中时，可以听见两个银铃般清脆的声音在湖面上回荡：

谁在玫瑰湖上游泳？
仙女！蚊子！小鱼儿！
哗啦，哗啦，是小鱼儿！
扑啦，扑啦，是白天鹅！
天鹅，天鹅，金贵的鸟儿！
哗啦，哗啦，波涛在翻滚！

刮起风，扬起波，摇起铃，唱起歌，
看哪，小仙女，小仙女们来了！
玫瑰湖，浪打浪，波涌波，神清气
　爽人欢乐，
向前冲，冲向前，玫瑰湖上波连天，
　天连波！

那十二个从后面跳上贝壳车形宝船的小黑人似乎很不喜欢海豚的歌声，他们使劲摇晃着用海枣树叶编织的遮阳伞，发出忽啦忽啦和沙沙沙的噪音，同时踏着奇怪的节拍大声唱道：

噼里啪啦，忽上，忽下，
噼里啪啦，忽上，忽下，
小黑人跳起圆舞，

从来不会假装哑巴。

小鱼儿，游过来，

白天鹅，游过来，

轰隆隆，轰隆隆，贝壳车来了，

噼里啪啦，忽上，忽下，噼里啪啦。

"这些小黑人还真是有趣，"胡桃夹子有些尴尬（gān gà）地说，"他们这样胡闹，简直要把玫瑰湖给搅翻了。"事实上，四周的湖面上很快就响起了咆哮声，那是各种奇妙声音的混合，听上去令人惊慌。不过玛丽并不在意那些声音，她只顾目不转睛地盯着玫瑰湖那气味芬芳的波浪，发现每一朵浪花上似乎都有一张可爱而又迷人的小姑娘的脸庞在对她微笑。

"啊！"玛丽高兴地合起两只小手大声说道："哎，您看呀，亲爱的克里斯托夫·德劳瑟迈耶先生！皮尔丽帕特公主就在那下面，瞧，她在冲我笑呢！她笑得多么妩媚（wǔ mèi）啊——哎，亲爱的克里斯托夫·德劳瑟迈耶先生，您快来看呀！"

胡桃夹子几乎是无奈地叹了口气，说道："噢，最优秀的施塔尔鲍姆小姐，那不是皮尔丽帕特公主，那是您！那永远都只能是您！只有您那张妩媚的脸庞才能在每一朵玫瑰之波的浪花上微笑。"玛丽立刻抬起头，紧紧地闭上眼睛，羞涩不已。就在这时，那十二个小黑人把她从大贝壳车形宝船上抬了起来，送到岸上。

她站在一片小灌木丛中，这儿比刚才看到的圣诞树林还要漂亮，树丛中的每棵小树都闪闪发光、熠熠生辉（yì yì shēng huī）。树上缀满了罕见的果实，它们不仅被染成了极不寻常的颜色，而且还散发着奇异的芳香，尤其令人惊叹。

"这里是果酱林，"胡桃夹子说，"前面就是都城了。"

此刻玛丽看见了什么啊！孩子们，我该怎样向你们描述这都城的美丽与辉煌呢？它就呈现在玛丽眼前这片开满鲜花的草地上，城墙和塔楼闪耀着无比华丽的色彩，就连建筑风格也是全世界独一无二的。这里建筑物的顶部不是那种普通的屋顶，而是经过精心设计的王冠，塔楼的外部还装饰着用最精美的彩色树叶编织的花环。

当他们走进那道用蛋白杏仁饼干和香甜水果建造的城门时，身穿银色铠甲的士兵向他们行持枪礼，一个穿着绸缎礼服的男子一把搂住胡桃夹子的脖子说道："欢迎您！优秀的王子，欢迎您来到糖果城！"

玛丽看见年轻的克里斯托夫·德劳瑟迈耶被一个衣着如此讲究的男子拥抱并听见他被称作王子时，感到非常惊讶。她还听见周围有许多人在细声细语地交谈，七嘴八舌，欢声笑语不断；有人在做游戏，有人在唱歌；玛丽并不知道这里发生了什么，只好询问胡桃夹子这一切都意味着什么。

"噢，最善良的施塔尔鲍姆小姐，"胡桃夹子回答道，"这一切并没有什么特别的含义，糖果城是一个人口众多、充满欢乐的城市，这里每天都是这样，请您只管跟我走就是了。"

没走多久，他们就来到了都城中最大的集市广场，这里到处一派繁荣的景象。周围所有的房子都是用镂空的糖块砌成的，回廊上面还有回廊，一个高大的塔状空心蛋糕像一尊方尖碑一样立在广场的正中央，周围是四个造型优美的人工喷泉，喷出来的都是橘子汁、柠檬水和各种美味的甜饮料；喷水池里则是浓稠的奶油，让人看到后恨不得立刻就舀上一勺尝尝。

比这一切还要漂亮的是成千上万个特别可爱的小人儿，他们一个个摩肩接踵，头挨头，乱哄哄地挤在一起，有的在说笑话，有的在开怀大笑，有的在唱歌。总之快乐的喧嚣声直冲云霄，玛丽在很远的地方就能听到。那边还有一群衣着华丽的绅士、淑女和各种各样的人们，其中有亚美尼亚人、希腊人、犹太人、蒂罗尔人；有军官、士兵、牧师、牧羊人，还有小丑。总之形形色色，世界上的各种人，这里应有尽有。

另一个路口上更是人声鼎沸。忽然人群向

两边分开了,原来他们是在为莫卧儿帝国①皇帝的轿子让路,帝国的九十三位大臣和七百个奴隶围住轿子前呼后拥。在对面的路口上,渔民行会的五百名会员正在进行节日游行。可不幸的是,一位土耳其君主此时突然心血来潮,正率领他的三千近卫军骑马到集市广场上来散步。更加不幸的是,此时又有一支反对祭祀节的游行队伍,正敲敲打打,潮水般地径直涌向塔形蛋糕,嘴里还大声唱着:"起来!感谢威力无穷的太阳!"于是黑压压一片的人群开始互相碰撞,你推我搡,乱成一团!——很快就有人发出了惨叫和哀嚎,原来是一个渔民碰掉了一个婆罗门祭司的脑袋,莫卧儿大帝的轿子也差点儿被一个小

---

① 莫卧儿帝国(1526—1857),蒙古人帖木儿的后裔在印度建立的专制王朝。

丑掀翻。叫喊声此起彼伏，而且越来越激烈，许多人甚至开始故意冲撞，并互相扭打起来。这时候，那个在城门口把胡桃夹子当作王子欢迎的男子爬上塔形蛋糕，当！当！当！敲了三下钟之后，大声喊道："糕点师傅！糕点师傅！糕点师傅！"

喧嚣（xuān xiāo）声戛（jiá）然而止，每个人都竭力克制住自己，混乱的队伍很快恢复了秩序，莫卧儿大帝被弄脏的衣服已经被清理干净，婆罗门祭司的脑袋也被重新安到肩膀上，然后快乐的喧闹声重又响起。

"'糕点师傅'是什么意思，善良的克里斯托夫·德劳瑟迈耶先生？"玛丽问道。

"噢，最善良的施塔尔鲍姆小姐，"胡桃夹子答道，"在这里，'糕点师傅'代表的是一种未知而又非常可怕的力量，这里的人们相信那种力量会把人变成任何它想要的东西，它就是统治这些快乐小人儿的厄运。所以他们都很惧怕它，只要一提到这几个字，哪怕是发生最严重的骚动，也能立刻平息，就像那位市长先生刚刚证明的那样。然后，这里的人们就不会再想人世间的俗事，也不再想肋骨是否被撞疼了，或者头上是不是起了个包；而是停下来问自己：'什么是人，人会变成什么？'"

这时，玛丽情不自禁地赞叹起来，因为她惊讶地发现，此刻她正沐浴在玫瑰色的晚霞之中，眼前出现了一座富丽堂皇的宫殿，拥有上百座亭台楼阁，偶尔有大把的紫罗兰、水仙花和郁金香花束从空中撒下来，这些鲜花的热烈色彩把白色的城墙映衬得更加耀眼，中央建筑的巨大拱顶和塔楼的金字塔形屋顶上,到处镶满了成千上万颗光芒四射的金星星和银星星。

"现在我们已经来到了杏仁糖宫殿的前面。"胡桃夹子说。

玛丽完全被眼前的魔幻宫殿迷住了,不过其中一座没有屋顶的塔楼并没有逃过她的眼睛,那上面像是有几个小人儿正站在肉桂树枝搭的脚手架上进行修复和重建。还没等玛丽开口,胡桃夹子便说道:"不久前,这座美丽的宫殿差点儿遭到毁灭,就差那么一丁点儿。一个爱吃甜食的巨人从这里经过,几口就吃掉了塔楼的屋顶,正当他打算啃咬中间那个最大的拱顶时,糖果城的市民给他送来了贡品,那可是整整一个市区和一片相当大的果酱树林。巨人吃饱之后,就离开了。"

这时,他们听见一阵柔和而又令人愉悦

的音乐声，宫殿的大门打开了，从里面走出十二位宫廷侍者，每个人手里都举着一根燃烧着的丁香树枝，就像举着一个个小火把。他们的头是一颗颗珍珠，身体是由红绿宝石组成的，美丽的小脚都是纯金的。走在他们后面的是四位小姐，都和玛丽的娃娃克莱尔小姐差不多高，但她们的衣着更加华丽，打扮得更加光彩夺目。玛丽立刻断定，她们都是天生的公主，绝不会错的。

四位小姐分别以最温柔的方式拥抱了胡桃夹子，然后悲喜交集地大声说道："噢！我的王子！我最杰出的王子！噢，我的兄弟！"

胡桃夹子看上去也十分激动，他不停地拭泪，然后拉起玛丽的手，充满激情地介绍道："这位就是玛丽·施塔尔鲍姆小姐，一位德高望重的医务顾问的女儿,也是我的救命恩人!要不是她及时地扔出了拖鞋,要不是她为我弄到一把退休的胸甲骑兵的佩剑,我可能早就被该死的老鼠王咬死、躺在坟墓里了!——啊!那个生来就是公主的皮尔丽帕特,在美貌、善良和德行方面能与这位施塔尔鲍姆小姐相提并论吗?——不能,我认为不能!"

四位公主异口同声地回答:"不能!"然后一起抱住玛丽,抽泣着说道:"啊!高贵的施塔尔鲍姆小姐!您就是我们亲爱的王子兄弟尊贵的救命恩人啊!"

四位公主带领玛丽和胡桃夹子走进宫殿,大家一起来到一个宽敞的大厅,大厅的墙壁上镶满了闪闪发光的彩色水晶。玛丽一眼就喜欢上了这里摆放着的许多特别可爱的小椅子、小桌子、小梳妆台和小写字台,这些小巧玲珑的家具全部是用香柏木或是带有洒金图案的巴西红木打造的。

四位公主急忙请玛丽和胡桃夹子就座，并宣布她们要亲自设宴欢迎远道而来的客人。接着她们立刻派人取来了最好的瓷盘、锅、碗、调羹（tiáo gēng）、刀叉、擦子、平底锅以及其他金银厨具，然后又拿来了玛丽从未见过的味道最鲜美的水果和各种糖果，最后开始用雪白的小手灵巧地压榨出果汁，捣碎（dǎo suì）香料，碾碎甜杏仁。总之，她们这样做就是想让玛丽看看她们的厨艺是多么娴熟以及她们会做出如何美味的大餐。

玛丽心里想：这样的事，其实自己也很擅长。所以，她也很想参与其中。

四位姐妹当中最漂亮的公主好像猜透了玛丽的心思，便递给玛丽一个很小的金研钵（bō），说道："亲爱的朋友，我兄弟最尊贵的救命恩人，请您用这个研钵把冰糖磨成细粉吧！"

玛丽快乐地磨起了冰糖，研钵发出令人愉快而又悦耳的声响，仿佛在吟唱一首小夜曲。胡桃夹子开始滔滔不绝地讲述那天夜里他与老鼠王及其军队进行的可怕而又惊险的战斗，还有他的军队怎样因为胆怯而几乎全军覆没，老鼠王怎样企图把他咬成碎片以及玛丽怎样为他牺牲了自己的人偶和糖果，等等。

听着胡桃夹子的讲述，玛丽渐渐地感觉他的声音，甚至是捣研钵的声音，好像离自己越来越远、越来越模糊了。不一会儿，她看见一片白色的薄雾般的轻纱从地板上升起，将四位公主、宫廷侍者、胡桃夹子和她自己一齐托起——她好像还听见了一种从未听过的歌声伴随着呼呼声和嗡嗡声渐渐消失在远方;玛丽感觉自己像是坐在不断高涨的波浪上,越升越高——越升越高——越升越高——

第 14 章

尾　声

嗖——砰！——玛丽从无限高的空中直直地坠落下来——这猛的一下子摔得可真是不轻啊！她立刻睁开眼睛，发现自己正躺在自己的小床上，已经是大白天了，妈妈站在她面前说道："你怎么能睡这么长时间啊？早餐都凉了！"

各位尊敬的、聚精会神的听众，或许你已经意识到：玛丽完全被她梦中所看见的奇妙景象陶醉了，最后在杏仁糖宫殿的大厅里睡着了，是那些小黑人、宫廷侍者，甚至还有那四位公主，亲自把她抬回家并放在她的小床上的。

"噢，妈妈，亲爱的妈妈，这一夜，年轻的克里斯托夫先生带着我到处游览，让我看到了许多许多美好的东西！"接着她就像我刚才讲的那样，详细地讲述了几乎全部经历。妈妈一脸惊愕地看着她，等她讲完之后说道："你做了一个又长又美的梦，亲爱的玛丽，还是把这一切都忘掉吧！"

可玛丽坚持认为那不是梦，一切都是她亲眼所见。于是妈妈把她带到玻璃柜子前面，把一直站在柜子第三层的胡桃夹子拿出来，说道："傻孩子，你怎么能相信这么一个来自纽伦堡的木偶是活的呢？而且还能走动？"

"啊，亲爱的妈妈，"玛丽打断妈妈的话，"我确信，小胡桃夹子就是来自纽伦堡的小伙子克里斯托夫·德劳瑟迈耶，他就是德劳瑟迈耶教父的侄子。"

施塔尔鲍姆夫妇禁不住同时大笑起来。

"哎呀，"玛丽急得快要哭出来了，"亲爱的爸爸，您这是在嘲笑我的胡桃夹子吗？他可是尽说您的好话啊，我们来到杏仁糖宫殿之后，他把我介绍给自己的公主姐妹们时还说您是一位德高望重的医务顾问呢！"

听她这样说，大家笑得更厉害了，就连露易丝和弗里茨也跟着笑起来。玛丽飞快地跑进自己的房间，从她的小箱子里取出老鼠王的七顶王冠，拿到妈妈面前，说道："看，亲爱的妈妈，这就是老鼠王的七顶王冠，是年轻的克里斯托夫·德劳瑟迈耶昨天晚上送给我的，这是他取得胜利的标志。"

施塔尔鲍姆夫人惊讶地看着这七顶小王冠，虽然不知道它们是用什么金属制成的，但它们闪闪发光，确实巧夺天工，就连施塔尔鲍姆先生也忍不住翻来覆去地端详起来。然后，夫妇俩一起严肃地追问起玛丽，要她老实说出到底是从哪儿弄来的这些小王冠。

玛丽只能一再重复刚才说过的话。当爸爸开始严厉地训斥她，甚至说她是一个小骗子时，玛丽哇哇地大哭起来："哎呀！我怎么这么可怜啊！我怎么这么可怜啊！你们到底要我怎么说呢？"

突然，门被猛的一下子推开了。德劳慈迈耶教父一边往里走，一边大声说着："怎么啦？怎么啦？我的小玛丽为什么哭得这么伤心？到底发生了什么事情？"

施塔尔鲍姆先生讲述了刚刚发生的一切，并把那七顶小王冠拿给他看。一看到小王冠，德劳瑟迈耶教父便忍不住大笑起来，连声说道："胡说，胡说，真是难以置信！这不是我几年前挂在怀表链上的装饰嘛，那是玛丽两岁生日时我送给她的礼物，难道你们都忘了吗？"

不仅施塔尔鲍姆先生不记得了，就连施塔尔鲍姆夫人也不记得有这么一回事。玛丽看见父母亲的脸色重新变得和颜悦色了，立刻跳起来，扑到德劳瑟迈耶教父的怀里，大声说道："啊，你全都知道，德劳瑟迈耶教父，你一定要亲口告诉我，我的胡桃夹子就是你的侄子，就是那个来自纽伦堡的小伙子克里斯托夫先生，就是他把小王冠送给我的！"

可是，高等法院顾问却阴沉着脸，嘟囔着说："真是愚蠢而又天真的傻话。"说完他一把抱起小玛丽，严肃地说道："听着，玛丽，从现在起，你要立刻忘掉那些稀奇古怪的想法和傻念头，假如你再说那个愚蠢而又畸形的胡桃夹子就是我高等法院顾问的侄子，我就把胡桃夹子连同你所有的娃娃统统扔到窗外去，包括你的克莱尔小姐。"

现在，可怜的玛丽当然再也不能提起这件事了，可她满脑子都是和它有关的情景。毕竟，你们也能想象得到，玛丽根本不可能忘记那些富丽堂皇的宫殿和可爱的人们。

尊敬的读者或听众弗里茨——即使玛丽再想和她的哥哥弗里茨·施塔尔鲍姆讲述那些让她感到无比幸福的奇妙王国，他也不会再听了，相反，他可能会立刻转过身去，不再理睬她，有时甚至还会从牙缝里挤出一句："头脑简单的傻丫头！"——可即使这样，玛丽也不会忘记。不过，根据弗里茨平时的良好表现来看，我不太相信他会这样说，但有一点可以肯定，那就是他现在再也不相信玛丽对他讲述的一切了。

在一次正式的阅兵式上，弗里茨还为自己的不公正向他的匈牙利轻骑兵正式道了歉，并用一束更长、更美的鹅毛替代了先前被剪掉的帽徽，重新允许他们吹奏匈牙利《轻骑兵进行曲》。是的！——其实我们最清楚，那些匈牙利轻骑兵在他们的红色军装被讨厌的臭弹丸弄脏时，他们的"勇敢"是什么样子！

虽然玛丽再也不能提起她的那些奇遇，但那个美妙的仙女王国仍然萦绕在她的周围，潺潺的流水声和各种甜美可爱的声音仍然在她的脑海里挥之不去。只要集中注意力,她就会再次看到那些场景。于是她就不再像往常那样爱玩了,而是经常默默地静坐着陷入沉思。这也是所有人都责怪她变成了一个小梦想家的原因。

后来,又发生了这样一件事:一天,高等法院顾问德劳瑟迈耶又来给施塔尔鲍姆家修理钟表,玛丽坐在玻璃柜子旁边,一边看着胡桃夹子,一边沉浸在自己的回忆当中。突然,她情不自禁地脱口而出说道:"唉,亲爱的德劳瑟迈耶先生,如果您确确实实真的活着,我将不会像皮尔丽帕特公主那样对待您,而且会鄙视她,因为您失去英俊少年的容貌完全是因为我!"

德劳瑟迈耶教父听到她的自言

自语，大声喊道："嘿！嘿！——真是难以置信的傻话。"就在那同一瞬间，只听扑通一声，玛丽从椅子上跌到地上，失去了知觉。

当她醒过来时，看见妈妈正手忙脚乱地照顾她，并听见她说："都这么大的姑娘了，竟然还能从椅子上摔下来！——这是德劳瑟迈耶教父的侄子，刚从纽伦堡来——你可要规矩点儿哦！"

玛丽抬起头，看见德劳瑟迈耶教父已经戴上他的玻璃丝假发，穿上了黄外套，满意地微笑着，手里牵着一个个子不高，但却很健康的小伙子。他的脸庞白里透红，身穿一件华丽的金边红色外套，下面是白色的长袜和鞋子，胸前别着一束特别可爱的小花，精心梳理过的假发上还扑了粉，背后垂着一条非常漂亮的辫子，腰间挂着一把镶满珠宝的小佩剑，晶莹闪耀，腋下夹着一顶小丝绒礼帽。

这个年轻人很快就证明了自己知书达礼，他给玛丽带来了许多漂亮的玩具，首先是那种被老鼠王咬碎的最香甜的杏仁糖果和橡皮糖人偶，还给弗里茨带来了一把非常漂亮的佩剑。大家一起用餐时，他殷勤地为在座的每个人咬开坚果。对他来说，即使最硬的坚果也不在话下，只见他右手将坚果送进嘴里，左手拉一下脑后的辫子——咔嚓——坚果便应声而碎！

玛丽瞥见这个彬彬有礼的年轻人时，脸颊一下子变得通红。吃完饭后，年轻的克里斯托夫·德劳瑟迈耶邀请她一起去客厅，当他们向玻璃柜子走去时，她的脸更红了。

"你们就尽情地玩吧，孩子们，

现在所有的钟表都修好了,都很准,所以,现在不管你们干什么我都不会反对了!"德劳瑟迈耶教父大声说道。

年轻的克里斯托夫·德劳瑟迈耶刚刚单独和玛丽在一起,就立刻单膝跪下对玛丽说道:"啊,我最最高贵的施塔尔鲍姆小姐,请您看看您面前幸福的克里斯托夫·德劳瑟迈耶吧,您就是在这里拯救了他的生命!——您曾充满善意地说:假如我是因为您的缘故而变得丑陋,您将不会像冷酷的皮尔丽帕特公主那样鄙视我!——就在那个瞬间,我也就立刻不再是可怜的胡桃夹子并重新获得了我从前的并非不可爱的相貌。啊!优秀的小姐,请用您那高贵的小手让我感到幸福吧!请您和我一起分享我的王国、我的王冠并和我一起管理杏仁糖宫殿吧,因为我现在已经是那

这个年轻人很快就证明了自己知书达礼，他给玛丽带来了许多漂亮的玩具，首先是那种被老鼠王咬碎的最香甜的杏仁糖果和橡皮糖人偶，还给弗里茨带来了一把非常漂亮的佩剑。

里的国王了！"

玛丽扶起小伙子，轻声说道："亲爱的克里斯托夫·德劳瑟迈耶先生，您是一位善良而又温和的好人，由于您统治着一个风景优美的国度，那里生活着漂亮而又快乐的人们，所以我愿意让您做我的未婚夫。"——于是玛丽也就立刻变成年轻的克里斯托夫·德劳瑟迈耶的未婚妻了。

一年后，正如人们所说的那样，年轻的克里斯托夫·德劳瑟迈耶先生驾着一辆由银白色的高头大马拉着的黄金马车迎娶了玛丽。

婚礼上，有两万两千个珠光宝气、光彩夺目的小人儿为他们翩翩起舞（piān piān qǐ wǔ）。直到今天，直到此时此刻，玛丽仍然是那个国家的王后，在那里，人们能看到光彩夺目的圣诞树林和晶莹剔透（jīng yíng tī tòu）的杏仁糖宫殿。总之，所有最辉煌、最奇妙的东西，那里都应有尽有，只要你向那儿看，就一定能看得到。

这就是胡桃夹子与老鼠王的童话。